PUCKI
UND IHRE DREI JUNGEN

Eine Erzählung für junge Mädchen

von

Magda Trott

Bilder von Fritz Hartenstein

16. Auflage

TITANIA-VERLAG STUTTGART

INHALT

*

Verlags-Nr. 210

Printed in Germany
Gesamtherstellung:
Wilh. Röck, Weinsberg (Württ.)
Buchdruckerei — Großbuchbinderei

WILLST DU GLÜCKLICH SEIN IM LEBEN ...

Die große Stehlampe mit dem gelben Schirm tauchte das geräumige Wohnzimmer in ein sanftes Licht. Ein Abglanz lag auch auf den Wangen der jungen Frau, die geschäftig den Rauchtisch zu dem bequemen Stuhl rückte, auf dem ihr Gatte, Doktor Claus Gregor saß. Seine grauen Augen verfolgten jede Bewegung der schlanken, anmutigen Frau, und als sie ihm das Streichholz entzündete und ihm eine Zigarette anbot, blies er das Feuer aus und sagte lächelnd zu seiner treuen Lebensgefährtin:

„So, Pucki, nun wollen wir den heutigen Festtag mit einem gemütlichen Plauderstündchen beschließen. Nach der vielen Arbeit dürfen wir uns diese Ruhe gönnen."

„Hast recht, Claus, für dich gab es heute viel zu tun. Zwei schwere Operationen in der Klinik, der Geburtstag deiner Frau mit vielen Kaffeegästen und vorhin noch einige Krankenbesuche."

„Wie alt bist du eigentlich geworden, Pucki?"

„Claus — das weißt du nicht?"

„O doch", lachte er, „ich weiß es ganz genau. Ich wollte nur hören, ob meine liebe Frau ihre siebenundzwanzig Jahre eingesteht."

„Oh, ich bin stolz auf diese siebenundzwanzig Jahre! Und noch stolzer bin ich darauf, daß ich deine gute Kameradin geworden bin und daß du mit mir und unseren Kindern glücklich bist."

„Sehr glücklich, Pucki! Aber du hast es mit den drei Rangen nicht leicht."

„Ach, Claus, es sind drei prächtige Jungen! Unser Karl ist mit seinen sechs Jahren schon recht verständig, und Peterle — na, bei ihm muß ich ein Auge zudrücken. Ich hoffe, daß er endlich die vielen schweren Kinderkrankheiten überwunden hat und langsam kräftiger wird, sonst holt ihn Rudi ein."

„Du hast es verstanden, liebe Frau, ihnen die Kindheit schön und fröhlich zu machen. Ich hoffe, daß alle einmal das gute, goldene Herz ihrer Mutter haben werden — —"

Pucki legte dem Gatten die Hand auf den Mund. Dann wies sie auf das Tischchen, auf dem ihre Geschenke lagen. „Soll ich dir vielleicht ein Kapitel aus dem Buche vorlesen, Claus?"

„Tue es, Pucki. — Ich glaube, es wird uns beiden große Freude bereiten."

„Claus, wie bist du nur auf den Gedanken gekommen, für mich dieses Buch zu schreiben? Erst jetzt ist mir klar geworden, aus welchem Grunde meine Schwester Agnes täglich zu dir kam. Ich habe mich gewundert, was es so viel zu schreiben gab. Stundenlang hast du ihr diktiert."

„Und jetzt weißt du den Grund. Ich habe deiner Schwester Agnes den ersten Band deiner Lebensgeschichte diktiert. Nun liegt er fein säuberlich gebunden, mit der Maschine geschrieben auf deinem Geburtstagstisch. Den zweiten Band schreibe ich vielleicht in zehn Jahren."

„Ich habe heute früh schon mehrfach in das Buch geschaut, Claus. — Warum hast du ihm den Titel ‚Willst du glücklich sein im Leben' gegeben?"

„Weil der Student Claus Gregor einem kleinen Schulmädchen in das geliebte Poesiealbum den Vers geschrieben hat:

Willst du glücklich sein im Leben,
Trage bei zu andrer Glück,
Denn die Freude, die wir geben,
Kehrt ins eigne Herz zurück."

„Richtig, Claus! Ich habe das kleine Album noch verwahrt."

„Du hast dich immer bemüht, Pucki, anderen Freude zu bereiten. Es ging wohl mitunter daneben, und das hat dann statt Freude oft Ärger gemacht, aber der gute Wille war immer vorhanden. Gerade in den letzten Jahren habe ich erkennen können, daß du dein ganzes Leben unter diesen Vers gestellt hast. Freude zu bereiten ist dir zum Lebensbedürfnis geworden, und so darfst du auch das Verdienst für dich beanspruchen, tatkräftig dazu beigetragen zu haben, daß meine Klinik, die ich vor vier Jahren aufmachte, einen guten Ruf hat und ständig gut besucht ist."

„Mein guter Claus, ich finde, daß ich ein fürchterlich unartiges Mädchen gewesen bin. In jedem Kapitel steht ein neuer Streich. Du hast alles sehr humorvoll niedergeschrieben, so daß es nicht schlimm wirkt, aber wenn ein Dritter meine Lebensgeschichte lesen sollte, dann würde er die Hände über dem Kopf zusammenschlagen über solch eine — —"

„Pucki!" ergänzte Doktor Gregor. „Du bist eben Pucki, die ihrem Namen Ehre macht."

Die junge Frau hatte sich erhoben und nahm das Buch in die Hand. Sie ließ die beschriebenen Seiten durch die Finger gleiten. „Wer hat dir alle die Streiche aus meiner Kinderzeit erzählt, Claus?"

„Die meisten wußte ich selbst, die anderen habe ich mir von deinen Eltern erzählen lassen."

„Hier, das Sportfest mit den drei Niepelschen Jungen und dann mein zerschlagenes Gesicht, weil ich durchaus das Boxen lernen wollte. — Hier das Himmelskästchen mit den vielen schwarzen Bohnen, die ich gewissenhaft hineinwarf, wenn ich eine schlimme Tat ausführte. — Ach, Claus, ich besitze wohl noch mein Tagebuch, aber dieser ‚Lebensroman' ist viel interessanter, und oft werde ich darin lesen."

Claus nahm Pucki das Buch aus der Hand, blätterte ein wenig darin, dann betrachtete er mit einem schelmischen Lachen seine Frau:

„Ich habe der Locken schon so viel,
und zwar in solchen Massen,
daß ich mit ihnen ganz bequem
kann Stühle polstern lassen."

Pucki entriß ihrem Manne das Buch und klappte es zu: „Alle Schandtaten hast du niedergeschrieben, alle. — Sogar meine Schwärmerei für den Rennfahrer Ikonda hast du nicht vergessen."

„Da du mir in so liebenswürdiger Weise dein Tagebuch zur Verfügung gestellt hast, in dem die Begegnung mit dem Rennfahrer neun Seiten einnimmt, konnte ich unmöglich beim Niederschreiben deiner Lebensgeschichte an diesem wichtigen Ereignis vorübergehen."

„Ein Kapitel nanntest du ‚Maiglöckchen'."

„Ein anderes ‚Apoll', und auch die Waggerburg habe ich nicht vergessen."

Wieder nahm Pucki das Buch zur Hand und schlug die letzten Seiten auf. „Mit unserer Hochzeit endet es, Claus. Der erste Teil meines Lebens ist damit abgeschlossen. Na, im zweiten Band wird auch noch mancherlei stehen, an das ich nicht gern erinnert sein will."

„Ich glaube, Pucki, der zweite Band wird erheblich günstiger für dich ausfallen."

„Na, der Meister Lars Alsen und Frau Elzabel Selenko sind auch ein tolles Zwischenspiel gewesen."

„Ist alles schon von mir niedergeschrieben und wird später verarbeitet. Ich habe sogar die Absicht, den zweiten Band zu illustrieren und als erstes Bild dein Gemälde von unserem Karlchen zu bringen, das der Junge selbst vernichtete, weil es ihm nicht gefiel."

Pucki hob lauschend den Kopf. Sie war soeben im Begriff aufzustehen, als die Tür aufflog. Ein Kind und ein Stuhl polterten ins Zimmer. Der dreijährige Knabe, der im Nachtröckchen platt auf der Erde lag, blieb für einen Augenblick regungslos liegen. Aber schon war die junge Mutter bei ihm und hob ihn auf. Rudi lachte die Mutter ein wenig verlegen an und rieb sich die Knie.

„Hingepurzelt!" rief er.

„Das sehe ich, Rudi. — Warum schläfst du nicht?"

„Weil das böse Tier da war."

„Was für ein böses Tier?"

„Im Bett war es! Das böse Tier. — Rudi hat Angst!"

Der kleine Knabe mußte sein Bettchen und das Kinderzimmer verlassen und einen Stuhl an die Tür geschoben haben. Er war dann hinaufgeklettert, um die Klinke niederzudrücken, und mit dem Stuhl ins Wohnzimmer gefallen. Er schien sich nicht weh getan zu haben, denn er rieb sich nur verschlafen die Augen.

„Komm, mein Junge, die Mutti legt dich wieder ins Bettchen, dann schläfst du weiter."

„Im Bett sitzt doch das Tier!"

„Nein, Rudi, in deinem Bett sitzt kein Tier."

Auch Doktor Gregor hatte sich erhoben, strich mit der Rechten seinem Knaben über das blonde Lockenköpfchen und sagte: „Der Vater wird nachsehen. Es ist kein Tier da — du hast geträumt, Rudi."

„Ist doch ein großes Tier im Bett!"

„Sei recht hübsch ruhig, kleiner Mann, damit wir die beiden Brüder nicht wecken. Die Mutti bringt dich zurück ins Bettchen und wartet, bis du eingeschlafen bist. Sie paßt gut auf, daß kein Tier kommt."

Behutsam gingen die beiden hinüber ins Schlafzimmer, das Rudi mit seinen Brüdern teilte. Auch die Tür zum Flur stand weit offen, auch hier hatte der Knabe mit Hilfe eines Stuhles die Tür geöffnet. Während Karl fest schlief, fand die Mutter den vierjährigen Peter sitzend im Bett vor.

„Fein, daß du noch mal kommst", sagte er, „ich will dich was fragen, Mutti."

„Jetzt wird geschlafen, Peterle, es ist gleich elf Uhr."

Peter schüttelte den Kopf.

„Große Jungen brauchen um elf nicht zu schlafen, große Jungen schlafen nur in der Nacht. — Mutti, was war denn das für ein Tier?"

„Fängst du auch mit dem Tier an, Peter?"

„Ein großes Tier", wiederholte Rudi, „ins Bett 'rein."

„Nein", meinte Peter, „im Bett war es nicht; ich bin mit dir spazierengegangen — da kam das Tier und sah uns an."

„Ich bin gar nicht mit dir spazierengegangen, Peter, das hast du nur geträumt."

„Doch, Mutti, wir sind spazierengegangen, bis hinter das große, rote Haus. — Mutti, wie heißt das Tier?"

„Aber Peter, ich kann doch nicht wissen, was du geträumt hast."

„Aber Mutti", klang es fast vorwurfsvoll von Peters Lippen, „du bist doch dabei gewesen!"

„Nein, Peter, du hast das Tier nur im Traum gesehen."

„Du mußt es doch dann auch im Traum gesehen haben", beharrte er eigensinnig, „du bist doch dabei gewesen. — Mutti, was war das für ein Tier?"

„Und Tier is in Rudis Bett", mengte sich der Jüngste wieder ein, den Pucki soeben mit der Decke zugedeckt hatte.

„Jetzt schlaft, morgen erzähle ich euch alles."

„Mutti — was war das für ein Tier? Du hast es doch gesehen?"

Pucki ließ einen langgezogenen Seufzer hören. „Das erzähle ich dir morgen, jetzt wird geschlafen."

„Mutti, ich bin ganz wach!" Karlchen richtete sich im Bett auf. „Mutti, ich weiß, was das für ein Tier war!"

„Jetzt fängst du auch noch an?"

„Mutti, ich habe ihnen gestern vom Rotkäppchen und dem Wolf erzählt und habe alles so schön grauslich gemacht. — Hu, wie der Wolf in die Stube kam und alle fressen wollte! Aber wir waren ihm noch zu klein, er wollte lieber die dicke Großmutter haben."

„Es kommt kein Wolf — —"

„Ein Wolf war es nicht", rief Peter, „das Tier hatte ganz lange Ohren und war — blau. — Mutti, was war das für ein Tier?"

„Jetzt aber Ruhe!" Das war die Stimme des Vaters, der in der Tür stand. Sofort legten sich alle drei Knaben nieder und zogen die Decken bis an die Nasen.

„Und nun gute Nacht, schlaft gut!" Pucki wollte sich mit ihrem Mann entfernen, da sah sie rückblickend, wie sich Peter im Bett wieder erhob.

„Mutti", klang es im Flüsterton, „sage mir ganz schnell, was das für ein Tier war — grün und golden."

„Jetzt aber endlich Ruhe!" gebot der Vater.

Unter der Decke flüsterte noch ein Kindermund: „Ich möchte doch wissen, was das für ein Tier war."

Dann wurde es wirklich still im Kinderzimmer, und bald vernahm man aus drei Betten das gleichmäßige Atmen der Schlafenden. Als die Mutter eine Viertelstunde später nochmals das Schlafzimmer betrat, stellte sie fest, daß ihre drei Kinder fest schliefen.

„Na, hat er sich mit dem grünen oder blauen Tier zufrieden gegeben?" lachte Claus der eintretenden Pucki entgegen.

„Karl trägt die Schuld daran. Er erzählt zu gern schaurige Geschichten, und Peter ist ohnehin ein wenig unruhig; ihn beschäftigen die Märchen des Bruders noch lange."

„Laß nur, Pucki, das Geschichtenerzählen ist ein Erbteil seiner Mutter, die auch gar zu gern hübsche Erzählungen ersann. Da waren Pucki und Mucki — —"

„Nein, nein, Claus, die Erzählung stammt vom Vater. Er erzählte sie mir, als wir durch den Wald gingen. Steht sie auch in dem Buche?"

„Natürlich, Pucki!"

„Morgen will ich weiterlesen, Claus, dann wird so mancher vergessene Streich in die Erinnerung zurückgerufen. Es war ein schöner Gedanke von dir, alles niederzuschreiben, denn ich glaube, ich kann manches aus meinem eigenen Leben lernen. Ich bin wirklich ein wilder Racker gewesen! Ich kann nur nicht verstehen, Claus, daß du trotz meiner vielen Unarten so fest und treu zu mir gehalten hast. Ich würde mich besonnen haben, mir solch eine Frau ins Haus zu holen."

„Ich habe mich nicht besonnen, Pucki, ich habe immer gewußt, daß du die Rechte für mich bist. Manchmal hast du eins auf den Deckel bekommen, wie du das selber genannt hast. Du hast aber deine dummen Streiche immer bereut und ernsthaft versucht, alles wieder gutzumachen."

„Mitunter habe ich dir das Leben recht schwer gemacht, Claus, aber seitdem wir unsere Kinder haben, bin ich mir klar geworden, welche Aufgaben ich zu erfüllen habe. Sind wir nicht zu beneiden? Mit einer bescheidenen Praxis in Rahnsburg fingen wir an, dann kam die Erbschaft von Onkel Max. Dadurch konntest du deinen Lieblingsplan verwirklichen und eine Privatklinik eröffnen. Sie hat sich in den vier Jahren prächtig entwickelt und hat einen so guten Ruf, daß wir vertrauensvoll in die Zukunft blicken können."

„Weil meine Pucki auch immer für die Klinik sorgt und die Kranken stets mit irgend etwas erfreut und tröstet, so — —"

„Ach, Claus, rede nicht davon! Wenn du nicht solch ein geschickter Chirurg wärest, würde keiner sich dir anvertrauen. Ich bin den Patienten gleichgültig."

„O nein, Pucki! — Ich weiß, wie oft sie nach dir fragen, nach dir und unseren Kindern. Ich habe es anfangs ungern gesehen, wenn du Karl mitbrachtest. Aber die Kinder sind artig und erfreuen durch ihr munteres Wesen oftmals meine Kranken, so daß ich heute deinen Gedanken nur gutheißen kann, die Buben hin und wieder zu meinen Patienten zu schicken, um ihnen durch ihr Geplauder die Zeit zu verkürzen."

„Nun ist auch Waltraut, meine Schwester, bei dir tätig; ich habe Gelegenheit, sie täglich zu sprechen."

„Waltraut ist eine meiner besten Schwestern. Sie ist außerordentlich tüchtig und versteht es vortrefflich, mit den Kranken umzugehen."

„So hat sich alles zum Guten gewendet und —" Pucki

unterbrach sich: „Claus, war nicht wieder ein Geräusch im Kinderzimmer?“

„Bleib hier, Pucki, ich will nachsehen und Ruhe schaffen.“

Claus war aufgestanden und lauschte an der Tür des Zimmers. Er hörte nichts. Vorsichtig öffnete er, ging leise von einem Bett zum anderen und machte bei Peter halt.

„Warum schläfst du nicht?“ fragte er im Flüstertone.

„Ja — Vati!“ Der Kleine richtete sich auf, öffnete den Mund weit und streckte dem Vater die Zunge heraus. Dazu ließ er ein langgezogenes „Aaah — aah“ hören.

Claus unterdrückte ein Lachen. Peter, der zweite seiner Jungen, der durch seine vielen Krankheiten den Eltern schon viele Sorgen bereitet hatte, wurde besonders genau vom Vater beobachtet, weil er sehr anfällig war. Wenn Peter einen müden Eindruck machte, ließ sich Claus oftmals die Zunge zeigen. So geschah es häufig, daß der Knabe, wenn er vom Vater gerufen wurde, rasch gelaufen kam, die Zunge herausstreckte und dabei „aaah, aaah“ sagte. Peter meinte, er solle wieder untersucht werden. Er war es eben so gewöhnt.

„Nein, Peter, ich will deine Zunge jetzt nicht sehen, du sollst schlafen.“ Er befühlte den Kopf des Kindes. Alles war in Ordnung. „Nun schlafe, mein Junge, sonst weckst du die Brüder auf.“

„Vati — du weißt wohl nicht, was das für ein großes Tier war, das vorhin mit mir und der Mutti am roten Hause gewesen ist? Nein, du kannst das nicht wissen, du warst ja nicht dabei.“

„Das war ein liebes Tier, mein Junge, das euch begrüßen wollte.“

„Wie heißt denn das grüne Tier, Vati?“

„Du sollst schlafen.“

„Wenn ich weiß, wie das grüne Tier heißt, schlafe ich gleich ein, Vati.“

„Das war ein Salamander!"

„O nein", rief Peter so laut, daß ihm der Vater schnell die Hand auf den Mund legte. Im Flüstertone setzte er hinzu: „Einen kleinen Salamander hat der Karl mal in der Tasche gehabt. — Das aber war ein großes Tier, genau so groß wie die Mutti, und die Mutti kann der Karl doch nicht in die Tasche stecken. — Nein, Vati, das war kein Salamander! Aber — du weißt das nicht, weil nur die Mutti dabei war!"

„Jetzt schlafe, sonst wird der Vater böse!"

„Bitte, bitte, sage doch — —"

„Peter, wenn du jetzt nicht ruhig bist, dann gibt's was!"

„Warum sagst du mir denn nicht, wie das Tier heißt?" fragte er weinerlich.

„Nun gut — es war ein Skarabäus. Und nun schlafe!"

„Vati — was war das?"

„Ein Skarabäus!"

„Ja", sagte Peter nachdenklich, „das Tier sah auch aus, als ob es so ein — Skabäus wäre. — Gute Nacht! — Ist das Skabäus ein liebes Tier?"

„Ein grünes Glückstier."

„Na, dann ist es ja gut."

Peter schlang beide Arme nochmals um den Hals des Vaters, zog dann die Decke bis an die Ohren und legte sich auf die Seite.

Pucki drohte ihrem Manne lächelnd mit dem Finger. „Was hast du einmal gesagt, Claus? Es ist nicht richtig, den Kindern etwas vorzureden!"

„Vorreden?" lachte Claus fröhlich. „Du warst doch dabei, du mußt doch wissen, daß das Tier ein Skarabäus war. — Pucki, ich glaube, es ist an der Zeit, daß wir auch zur Ruhe gehen."

„Und gut in das achtundzwanzigste Lebensjahr hinüberschlafen. Dir aber danke ich nochmals herzlich für alle Liebe, die du mir heute wieder gezeigt hast, vor allem aber für das Buch, das du mit so viel Liebe niedergeschrieben hast. Es soll mir immer ein teures und wertvolles Andenken sein."

„Und uns allen eine Mahnung, meine liebe Pucki, immer daran zu denken, daß wir, wenn wir glücklich sein wollen, anderen Glück spenden müssen."

„Ja, Claus, in diesem Sinne will ich unsere Kinder erziehen."

EIN BÖSER RACKER

Schon lange hatte sich Pucki vorgenommen, wieder einmal zu den Eltern ins Forsthaus Birkenhain zu gehen. Es war aber in den letzten Tagen immer etwas dazwischengekommen. Heute nun sollte der Besuch ausgeführt werden.

Es war ein schöner Maientag, und Pucki überlegte, ob sie ihre beiden ältesten Buben mitnehmen sollte. Es war aber heute mancherlei mit den Eltern zu besprechen, was Kinderohren nicht zu hören brauchten. Außerdem spielten die drei gern zusammen im Garten oder unterhielten sich mit den Kranken, die schon auf dem Wege der Besserung waren und spazierengingen. Oft baten die Patienten darum, ihnen die frischen, fröhlichen Kinder zu schicken, die gar so drollige Einfälle hatten und dadurch die Kranken erheiterten.

Pucki schaute ins Kinderzimmer; es war leer. Sie warf einen Blick durch das geöffnete Fenster, aber auch im Garten waren die drei Knaben nicht zu sehen. So erkundigte sie sich in der Küche bei Emilie, die schon lange im Doktorhause pflichtgetreu ihren Arbeiten nachging.

„Ich glaube, die Kinder sind in der Glasveranda, am

Gartenhaus. Wahrscheinlich besuchen sie wieder die Patientin mit dem kranken Ohr."

Pucki machte sich zum Ausgehen fertig. Von ihrer Wohnung aus führte ein langer Gang hinüber zur Klinik. Jeden Tag ging sie mehrmals hinüber in das große Haus, um dort nach dem Rechten zu sehen. So schweiften auch jetzt ihre Blicke wieder aufmerksam durch die Flure. Wie hübsch, wie freundlich war alles eingerichtet! Die hellen, mit Ölfarbe gestrichenen Wände, und im lichten Treppenhaus zahlreiche Blattpflanzen und blühende Frühlingsblumen.

Dafür sorgte ihre Schwester Waltraut, die der Meinung war, daß eine hübsche Umgebung zur Genesung der Kranken viel beitrüge. Sie war es auch, die in jedes Krankenzimmer eine Vase mit Blumen stellte.

Es war bereits nötig geworden, an das kleine Gartenhaus eine große Glasveranda anzubauen. Hier hielten sich bei schlechtem Wetter die Patienten auf, denen es schon gestattet war, aufzustehen. Mehrere Liegestühle sorgten dafür, daß sich die Kranken ausruhen konnten. Hell schien die Sonne in den luftigen Raum; er wurde gern aufgesucht.

Gerade wollte Frau Gregor ins obere Stockwerk hinaufgehen, als unten eine Tür geöffnet wurde. Ein junges Mädchen mit frischem Gesicht, die Schwesternhaube auf dem blonden Haar, trat aus einem der Zimmer.

„Ach, Pucki!"

„Es ist gut, Waltraut, daß ich dich treffe. Ich will für zwei Stunden nach Birkenhain zu den Eltern gehen. Ich möchte dich bitten, meine Jungen ein wenig im Auge zu behalten. Emilie sagte mir, die Kinder wären in der Veranda bei Fräulein Melchert."

„Dort sind sie gut aufgehoben", antwortete Waltraut, „trotzdem werde ich öfters hinübergehen und nach ihnen sehen. Ich muß auch aufpassen, daß sich die Patientin mit dem ständigen Lesen nicht zu sehr anstrengt."

„Ich hätte ihr doch lieber keine Bücher leihen sollen, Waltraut."

„O doch, Pucki, wir geben gut acht. Ich erzählte dir ja schon, daß Fräulein Melchert zu den ewig nörgelnden Patienten gehört. Sie ist nur zufrieden, wenn sie ein Buch hat und jemandem vorlesen kann. Unsere kleine Bücherei ist von ihr längst durchgelesen worden. Darum hatte ich sie vor acht Tagen zu dir geschickt —"

„Ja, und gestern kam sie schon wieder. Sie nahm drei

Bücher mit und will immer die dicksten haben. Sie stand lange vor meinem Bücherschrank, denn sie wollte selbst auswählen. Schließlich gab ich ihr einige ganz harmlose Bücher, da ich weiß, daß sie gerne der kleinen kranken Rosa vorliest."

„Augenblicklich sind deine drei Jungen an der Reihe. — Aber geh nur, Pucki, ich gebe schon acht!"

Die junge Arztfrau beschloß, nicht erst hinüber ins Gartenhaus zu gehen, sondern ihre drei Buben ruhig dem Schutze ihrer Schwester Waltraut anzuvertrauen. Auf sie durfte sie sich schon verlassen. Immer wieder lobte Claus ihre Gewissenhaftigkeit und ihr freundliches Wesen. Da war kein Patient, der nicht nach Schwester Waltraut rief, der nicht von ihr betreut werden wollte. Sie fand auch für den grämlichsten Kranken immer das richtige Wort der Aufrichtung und Aufmunterung.

Als Schwester Waltraut nach einer Viertelstunde durch den Garten ging und die Glasveranda betrat, mußte sie lächeln. Im Liegestuhl lag Fräulein Melchert, die bisher als Hausangestellte auf einem Gut in der Nähe Rahnsburgs tätig gewesen war. Das junge Mädchen hatte sich einer schweren Ohrenoperation unterziehen müssen, und noch immer konnte es aus der ärztlichen Obhut nicht entlassen werden. Paula Melchert war eine ungeduldige Patientin; erst als man ihr Bücher zum Lesen gab, wurde das anders.

Jetzt lag sie im Stuhl und hielt ein Buch in der Hand, aus dem sie vorlas. Die drei Knaben kauerten um den Liegestuhl und lauschten mit gespannten Gesichtern ihren Worten. Beim Eintreten Waltrauts hob Karl beide Hände und machte der Tante erregte, abwehrende Zeichen. Waltraut verstand. Sie sollte gehen, sie störe hier. Peter dagegen schrie vor Vergnügen laut auf.

„Tante Waltraut, ich lach' mich kaputt!"

„So? — Ist die Erzählung so lustig?"

„So ein Racker! — Fräulein Melchert sagt auch: ‚So ein böser Racker!' — Oh, Tante Waltraut, macht die aber lustige Streiche!"

„Aber Peter!"

„Geh nur wieder weg, Tante Waltraut", rief Karl ungeduldig, „jetzt ist es gerade so schön. Wir wollen noch mehr hören."

„So ein Racker!" wiederholte Peter, „ein böser Racker!"

„Ein böser Racker", echote Rudi, „geh fort, Tante, geh fort!"

„Fräulein Melchert, in einer Viertelstunde komme ich wieder, dann dürfte es für heute mit dem Vorlesen genug sein."

„Geh doch schon fort!" rief Karl ungeduldig. „Du störst uns, es ist gerade so schön!"

Lachend entfernte sich Schwester Waltraut wieder. Trotzdem hielt sie es für nötig, schon wenige Minuten später, diesmal ungesehen, in die Nähe der Veranda zu kommen. Gerade scholl ihr lautes Lachen entgegen. Die drei Knaben schrien vor Entzücken.

„So ein Racker — so ein böser Racker!"

Waltraut überlegte. Es mußte wirklich ein spaßiges Buch sein, das Pucki der Patientin geliehen hatte. Später würde sie sich das Buch auch einmal ansehen. Aber zunächst rief sie die Pflicht ins Haus zurück, während Peters helle Stimme wieder zu ihr herüberschallte:

„So ein Racker!"

Fast eine halbe Stunde lang las Paula Melchert den drei Knaben noch aus dem Buche vor, dann kam Schwester Lotte, um energisch Schluß zu gebieten. Waltraut war anderweitig in Anspruch genommen. Die Knaben baten zwar flehentlich, Fräulein Melchert solle das Kapitel noch rasch zu Ende lesen, aber energisch klappte Schwester Lotte das

Buch zu, nahm Decken und Kissen zusammen und geleitete Fräulein Melchert hinüber in ihr Zimmer.

„Ihr drei könnt im Garten spielen. Oder geht hinein zu Emilie. Aber seid artig, eure Mutti ist fortgegangen."

Dann saßen die Kinder in der Laube. Von Zeit zu Zeit lachten sie fröhlich auf.

„Oh", sagte Peter, „die Mutti kann froh sein, daß sie drei Kinder hat, die lauter Jungens sind, denn ein Mädchen ist ein Racker. Ich hätte das Geld nicht genommen. Was man findet, muß man doch hergeben."

So 'ne arme Waschfrau! Sie hat es ihr dann ja aber gegeben."

„Und dann hat sie sich mit dem Jungen geboxt, immer feste auf die Nase! Und dann hat sie im Bett liegen müssen! — Hahaha, kleine Mädchen sollen nicht boxen!"

„So ein Racker — so ein Racker!"

„Die Mutti kann froh sein, daß sie drei artige Kinder hat. Ich habe der Waschfrau noch kein Geld genommen."

„Wenn das Uhrenmännchen nicht in der Uhr gesessen hätte! — Ach nee, so ein Racker!"

Dann lachten alle drei wieder über das kleine Mädchen, das mit dem Fleischklopfer so lange auf die Milchkanne geschlagen hatte, bis sie ein Loch bekam.

„Wir wollen auch mal solche Musik machen, das ist fein!"

„Wir haben aber keine Milchkanne."

„Wir nehmen einen Topf. — Au, fein! Musik machen wir auch, genau so wie das lustige Mädchen!"

„Und boxen möchte ich auch", meinte Karl.

Kurz darauf tollten die drei durch den Garten. Beim Überklettern eines Zaunes riß sich Peter das Höschen von oben bis unten auf.

„Ach, das macht nichts, das kleine Mädchen hat sich auch

beim Klettern das Kleid zerrissen. Die Mutti wird es wieder zusammennähen."

„Ich hab' so doll gelacht", sagte Karl in Erinnerung an das Vorgelesene, „mein Bauch hat gewackelt!"

Pucki, die sich mit dem Besuch bei den Eltern beeilt hatte, kehrte schon gegen sechs Uhr wieder zurück und wurde von ihren Buben stürmisch empfangen.

„Wart ihr auch artig, Kinder?"

„Mutti, wir sind drei sehr artige Kinder", sagte Peter wichtig. „Wie schön, daß du drei Jungens hast und nicht so ein ungezogenes Mädchen wie in dem Buch, aus dem uns Fräulein Melchert vorgelesen hat."

„Mutti, ich hab' so gelacht, daß mir beinah mein Bauch geplatzt ist", rief Karlchen aufgeregt.

„Mutti", Peter schmiegte sich zärtlich an die Mutter, „mir ist sogar mein Bauch geplatzt, weil wir so sehr gelacht haben."

„Aber Peter, das ist doch nicht wahr! Wie kann dir der kleine Bauch platzen?" lachte Pucki.

„Doch, Mutti, er ist von oben bis unten geplatzt." Sorgsam deckte Peter seine Schürze über die zerrissene Hose. Karl sah die Bewegung, schüttelte den Kopf und meinte:

„Das ist doch nicht der Bauch, das ist doch neben dem Bauch!"

„Peterchen", meinte die Mutter, „rede nicht immer so törichtes Zeug. Sei froh, daß du gesund bist und daß dir nichts geplatzt ist."

„Na, sieh doch", rief er mit kläglicher Stimme, „hier ist alles kaputt. Aber Mutti", mit seinen kleinen Händen strich er ihr zärtlich über das Gesicht, „wir sind gar nicht so unartig wie das unartige Mädchen in dem Buch. — Mutti, wenn du so ein Kind hättest, möchtest du gar nicht gerne eine Mutti sein!"

„War das kleine Mädchen wirklich so unartig?"

„Ach, Mutti, das muß ich dir erzählen! Ein Löwenmaul hat sie gehabt, das hat ihr der Freund auf das Kästchen geklebt, weil sie so einen großen Mund hatte!“

„Und dumm ist sie“, mischte sich Karl ein. „Da war ein tauber Mann, so taub wie der alte Vater Wurm in Rahnsburg. Der hat immerzu Holz gehackt und gar nichts gehört. Aber das dumme Mädchen wollte ihm Musik machen. — Mutti, war das nicht dumm?“

„Sie hat es wohl nicht gewußt, daß er taub war.“

„Und Geld hat sie genommen. Und dann, Mutti — dann hat sie mal kein Geld gehabt und wollte Schlagsahne essen. Wenn wir kein Geld haben, können wir auch keine Schlagsahne essen. Und als sie bezahlen sollte, hat sie kein Geld gehabt.“

„Das ist freilich schlimm“, sagte Pucki, noch immer ahnungslos.

„Aus Schokolade hat sie ein Geldstück gehabt, so wie ich auch mal eines gehabt habe, Mutti —“

Frau Gregor blickte gedankenvoll ihren Ältesten an: „Das alles steht in dem Buch, aus dem euch Fräulein Melchert vorgelesen hat?“

„Ach, Mutti, da steht noch viel, viel mehr drin“, schrie Peter, „ich will dir das mal erzählen. Ein paar Jungens haben geboxt, weißt du, mit ganz dicken Handschuhen haben sie sich auf den Kopf geschlagen. Da wollte das kleine Mädchen auch mitmachen. Ganz heimlich hat sie mit dem einen Jungen geboxt, dann hat sie eins auf den Kopf gekriegt — —“

„Und ans Ohr auch was —“

„Dann mußte sie ins Bett —“

„Dann hat sie mächtig geweint. — Oh, ist das ein Racker!“

„Was ist denn das für ein Buch?“

„Ein schönes Buch, Mutti! Dann war da auch ein

Hund, der hat alle schwarzen Bohnen aufgefressen. — Hahaha, das waren die schlimmen Taten von dem Mädchen!"

„Das steht alles in dem Buch?"

„Och — noch viel, viel mehr, Mutti. Wir haben gelacht, ganz furchtbar doll!"

Die Kinder wollten noch mehr erzählen, aber Pucki eilte, von banger Ahnung erfaßt, in ihr Zimmer. Hier hatte vor zwei Tagen Fräulein Melchert gestanden und um ein Buch gebeten. Pucki hatte aus dem Bücherschrank einige Bände herausgenommen, um sie der Patientin zu leihen. Auf ihrem Schreibtisch lag damals das Buch: „Willst du glücklich sein im Leben", ihre Lebensgeschichte, die ihr Claus zum Geburtstag aufgeschrieben und geschenkt hatte. Es enthielt ihre Kindheits- und Jugenderinnerungen.

Wo war das Buch?

Gestern hatte sie es noch nicht vermißt. Hatte es nicht gestern noch hier gelegen? Pucki konnte sich nicht genau erinnern. Jedenfalls fand sie das Buch nicht. — Konnte es möglich sein, daß Fräulein Melchert auch dieses Buch mitgegriffen und daß sie nun Puckis eigene Jugendstreiche ihren Kindern vorgelesen hatte?

„Der Hund fraß die schwarzen Bohnen — — auf dem Kästchen klebte ein Löwenmaul — das Sportfest, meine Boxstunde?"

Verzweifelt suchte sie auf dem Schreibtisch und im Bücherschrank — das Buch war nirgends zu finden. — Was hatte Peter gesagt? So ein Racker! Sie solle froh sein, daß sie drei Jungen und kein so unartiges Mädchen hätte, wie es in dem Buch beschrieben wäre?

Pucki ging zur Tür, lauschte nach dem Nebenzimmer und hörte das Lachen ihrer Kinder.

„Ich lerne auch seiltanzen, ich falle aber nicht 'runter! — Das Mädchen war eben zu dumm!"

„Und zu frech!" ergänzte Karl.

„Warum hat die Mutti keine Blumenuhr, in der das Uhrenmännchen sitzt?"

Pucki strich sich langsam mit der Hand über die Stirn. Es bestand kein Zweifel mehr, daß Fräulein Melchert ihren drei Knaben ihre eigenen Jugendstreiche vorgelesen hatte. Wenn auch Claus die Schilderungen voller Humor wiedergegeben hatte und immer wieder auf Puckis gutes Herz hinwies, so mußte doch bei den Kindern nur der Eindruck zurückbleiben, daß jenes Mädchen ein ganz übermütiges und unartiges Ding gewesen sei. Niemals durften ihre Kinder erfahren, daß dieser schlimme Rakker ihre eigene Mutti gewesen war.

Der Lärm im Nebenzimmer wurde immer größer. Da hielt Pucki es für angebracht, dazwischenzutreten.

„Kinder, schreit nicht so laut", sagte sie mahnend, „man hört euch bis drüben in der Klinik!"

„Ach, Mutti, du hast ja so artige Kinder! Das Mädchen aus dem Buch ist viel schlimmer gewesen!"

„Warum hast du dir schon wieder das Höschen zerrissen, Peter?" lenkte Pucki ab.

„Mutti, das macht nichts, das Mädchen hat sich auch immerzu das Kleid zerrissen. — Einmal hat sie sich vor einem Hund gefürchtet, da — —"

„Schon gut, Peter, ich will wissen, was du mit dem Höschen gemacht hast."

„Mutti, weißt du, was das kleine Mädchen alles gemacht hat? Ach, die muß aber ihre Mutti geärgert haben!"

„Ich möchte auch boxen lernen, Mutti!"

„Und Musik machen wir auch mal. — Mutti, dürfen wir gleich morgen Musik machen? Drüben in der Klinik?"

„Nein", sagte Pucki, und es klang sehr streng.

„Ach, Mutti — Tante Melchert soll dir auch mal vorlesen, wie die Kinder bei dem alten Holzhacker Musik gemacht haben. Bis in die Oberförsterei hat man's gehört. Und dann sind alle 'rausgekommen, und alles war kaputt!"

„Mutti, gehen wir mal zum Großpapa und machen Musik? — Mutti, wann dürfen wir nach Birkenhain?"

Es dauerte längere Zeit, ehe es Pucki gelang, die Gedanken der Kinder ein wenig von dem Buche abzulenken. Als dann aber Claus zum Abendessen erschien, umringten die drei Buben den Vater und begannen erneut von der Blumenuhr und von dem kleinen Mädchen zu erzählen, das sich im Walde verlaufen hatte. Fragend schaute Claus seine Frau an. Pucki machte ein unglückliches Gesicht; sie wußte wirklich nicht, was sie dazu sagen sollte. Es schnitt ihr geradezu ins Herz, wenn bald Karl, bald Peter von dem unartigen Mädchen erzählten, das so viele Streiche ausgeführt hatte.

„Der hätte ich aber eins auf den Kopf gegeben", rief Karl mit dem Brustton der Überzeugung, „wenn sie einer armen Waschfrau Geld nehmen will! — Weißt du, Mutti, Emilie hat uns mal erzählt, daß solche Kinder später eingesperrt werden und ganz böse Menschen sind."

„Was ist denn das für ein Buch?" fragte der Vater.

Pucki machte ihrem Manne verstohlen ein Zeichen, und als sich bald ein kurzer Augenblick des Alleinseins fand, schmiegte sie sich erregt in seine Arme.

„Claus, ich glaube, ich habe bei meinen Kindern verspielt. Fräulein Melchert hat meine Jugendstreiche mitgenommen und daraus den Kindern vorgelesen. Nun bin ich in ihren Augen der schlimme ‚Racker' wie sie sagen. Das hat ihnen Fräulein Melchert vorgeredet. — Was mache ich da?"

Obwohl Claus die Erregung seiner Frau nachempfinden

konnte, mußte er doch lachen. „Na, mein schlimmer Rakker, so gefährlich wird es nicht sein. Außerdem brauchen die Kinder nicht zu wissen, wer dieses kleine Mädchen war."

„Eines Tages erfahren sie es doch, Claus. Sie werden davon den Großeltern erzählen, und alles wird herauskommen."

„Mach dir keine Sorgen, Pucki! Die drei wissen, was für eine liebe Mutti sie haben. Du wirst es verstehen, ihnen die nötigen Lehren aus deinen früheren Streichen zu geben."

„Ach, Claus, es ist zum Verzweifeln!"

„Nur die Ruhe behalten, liebe Pucki! Ich werde Fräulein Melchert das unheilvolle Buch fortnehmen. Es steht noch mancherlei darin, was unsere drei Kinder vorerst nicht zu wissen brauchen."

„Sie hat schon viel daraus vorgelesen. Sogar die Erlebnisse im ‚Maiglöckchen' sind den Kindern bekannt. — Das Fünfmarkstück aus Schokolade —"

„Sie werden alles bald wieder vergessen und auf andere Gedanken kommen."

„Claus, ich bin überzeugt, daß sie mir eines Tages einen Topf zerschlagen, weil sie auch Musik machen wollen. Ich sehe die drei schon mit zerschundenen Gesichtern nach Hause kommen, denn sie wollen boxen lernen. — Weißt du, was Karl sagte?"

„Was hat er denn gesagt?"

„Ihm tun die armen Eltern leid, die so einen Racker zur Tochter hatten. — Claus, ich glaube, ich muß mich heute noch wegen meiner vielen Streiche schämen."

Er lachte fröhlich. „Wenn jedes Mädchen, das so viele tolle Streiche machte wie du, eine so vortreffliche Hausfrau und Mutter wird, wie meine Pucki das ist, dann möchte man wünschen, daß recht viele lustige Streiche von der Jugend verübt werden. Wer sich in der Jugend austollt, wird später im Leben ein tüchtiger Mensch."

Pucki schaute dem Gatten mit dankbarem Blick in die Augen.

GELD, GELD!

„Unser Nachbar Dreffensteg bot mir heute früh seine Wiese zum Kauf an", sagte Doktor Gregor zu seiner Frau, „aber ich möchte nicht zugreifen, obwohl wir die Wiese sehr gut zur Vergrößerung des Gartens brauchen könnten. Es wäre ein Fortschritt, wenn ich für meine Patienten eine Liegewiese einrichten könnte. Der angebotene Grund eignet sich auch vortrefflich dafür."

„Warum willst du denn nicht kaufen, Claus?"

„Der Nachbar will das Geld bar ausgezahlt haben, ich kann aber im Augenblick eine neue Verpflichtung schlecht übernehmen. Du weißt ja, Pucki, daß ich Instrumente anschaffen mußte, und wir haben leider kein Geld übrig. — Folglich werden wir zunächst nicht kaufen."

„Schade, Claus! — Später ist die Wiese vielleicht nicht mehr zu haben. Es wäre schlimm, wenn ein anderer darauf ein Haus bauen würde. Er nähme uns Sonne und Licht! — Ach ja, das liebe Geld, das liebe Geld!"

„Pucki, ich glaube, wir können trotzdem recht zufrieden sein."

Dieses Gespräch, das beim Mittagessen geführt wurde, hörten die drei Knaben mit an. Da sie aber dazu erzogen waren, bei der Unterhaltung der Eltern zu schweigen, taten sich ihre Plaudermündchen auch diesmal nicht auf, obwohl man es dem Gesicht Karlchens deutlich ansah, daß ihm allerlei Fragen auf der Seele brannten.

„Ich glaube, liebe Frau, wir brauchen uns nicht zu beklagen", wiederholte Claus. „Sind wir in den letzten Jahren nicht gut vorangekommen? Welcher Arzt ist in der Lage, sich eine eigene Klinik zu erbauen?“

„Das macht die Erbschaft! — Schade, daß wir nicht noch einen Onkel haben, von dem wir nochmals einige tausend Mark erben könnten. Deinem Bruder Eberhard willst du wohl nicht schreiben? Ihm wäre es ein leichtes, uns das Geld zu leihen. Seine Frau hat ihm doch viel Geld in die Ehe mitgebracht.“

„Ich bin fest davon überzeugt, Pucki, daß mir Eberhard und Mary ohne weiteres den Betrag leihen würden. Aber das sind neue Verpflichtungen, und die möchte ich nicht auf mich nehmen.“

„Eberhard würde uns das Geld zu günstigen Bedingungen geben.“

„Ganz gewiß, Pucki! Wir haben aber viele Zinsen zu zahlen. Du darfst nicht vergessen, daß wir bereits Marys Vater verpflichtet sind, durch dessen großzügige Hilfe wir dieses Haus umbauen und als Klinik herrichten konnten. Immer langsam voran, liebe, kleine Frau!“

„Ich weiß, Claus, du bist immer ein vorsichtiger Mann gewesen; manch einer geht ganz anders darauflos und kommt vielleicht viel schneller zu etwas. Ein Mann wie du, der so angesehen ist und so viel Vertrauen genießt, sollte ohne Besinnen die Wiese kaufen. Du würdest schon zurecht kommen.“

„Das kann wohl sein, liebe Frau, aber ich bin leider nicht wagemutig genug. Ich gehe Schritt für Schritt vorwärts und mache keine kühnen Bocksprünge.“

„Hahaha“, lachte Peter auf.

„Was gibt es denn zu lachen, Peterli?“

„Du machst keine Bocksprünge, Vati. — Nur wir Kinder dürfen Bocksprünge machen!“

„Freilich, freilich!“

„Vati —", warf Karl ein, „wenn der Peter was gesagt hat, darf ich auch was sagen?"

„Das darfst du, mein Junge."

„Vati, ich habe doch eine Sparbüchse, in der klappert es mächtig! Kann ich dir das Geld aus meiner Sparbüchse geben, damit du die Wiese kaufen kannst? Wir dürfen dann auch auf der Wiese umherlaufen. Jetzt schimpft der alte Mann immer mächtig, wenn wir über den Zaun klettern. Der hübsche Bach durch die Wiese macht uns doch so viel Spaß. — Vati, ach, kauf doch die Wiese mit dem hübschen Bach!"

„Du bist ein guter Junge, Karl, aber das Geld, das in deiner Sparbüchse klappert, reicht leider nicht aus. Da mußt du noch sehr fleißig sparen, ehe wir davon die Wiese kaufen können."

„Mach' ich, Vati!"

„Ich mach' auch", rief der kleine Rudi.

„Ach was, du hast noch kein Geld", tadelte Karl.

„Mutti, hab' ich Geld?"

„Ja, Rudi, du hast auch schon Geld."

Peter, der gerade eine Kartoffel in den Mund geschoben hatte, rief laut: „Ich hab' auch Geld, und wenn wir alles zusammentun, kaufen wir den Bach! Dann gehen wir mit nackten Füßen ins Wasser!"

„Peter, wie oft habe ich dir schon gesagt, daß ein Kind mit vollem Munde nicht sprechen soll. Man kann kaum verstehen, was du sagst. Es ist ungezogen, mit vollem Munde zu reden. Merke dir das endlich!"

„Und die großen Frösche in dem Bach kaufen wir auch", rief Karlchen jauchzend. „Vati, komm nachher gleich mal mit! Ich zeig' dir, wo du durch den Zaun kriechen kannst. Wir haben ein Holz abgemacht. — Vati, kommst du?"

„Kinder, ihr sollt nicht auf die Wiese des Nachbarn gehen!"

„Doch, Vati", rief Peter geheimnisvoll, „die Frösche rufen immerzu nach uns, und wenn einer ruft — muß man kommen."

Nach dem Essen gab es noch Obst für die Kinder. Als Peter zum zweiten Male nach den Kirschen langte, hob Pucki warnend den Finger: „Wie sagt man, Peter, wenn man etwas bekommen hat?"

Keine Antwort erfolgte.

„Peter —"

Der kaute mit vollen Backen und warf der Mutter einen hilfesuchenden Blick zu.

„Wenn du nicht danke sagen kannst, mein Junge, bekommst du keine Kirschen mehr."

Sofort schossen aus seinen Augen die Tränen, und noch immer kauend rief er zornig: „Du hast doch gesagt, ich soll nicht mit vollem Mund reden, und jetzt willst du, daß ich danke sage. — Ja, was soll ich denn machen?"

Pucki wandte sich ab, um das Lachen vor den Kindern zu verbergen. Es dauerte längere Zeit, ehe sie dem erzürnten Knaben antworten konnte.

„Das kommt davon, Peter, wenn du so große Bissen nimmst. Du stopfst dir beide Backen voll, anstatt kleine Bissen zu nehmen, wie das brave Kinder machen. Da kannst du natürlich nicht schnell hinunterschlucken und danke sagen. — Und nun weine nicht mehr! Ein so großer Junge wie du darf nicht bei jeder Kleinigkeit weinen."

Damit war der Frieden wieder geschlossen. — Nach dem Essen benutzte Karl die Gelegenheit, seinem jüngeren Bruder zu sagen, daß er eigentlich der Ungezogenste in der ganzen Familie wäre.

„Wenn du so weiter machst, Peter, hat dich die Mutti nicht mehr lieb!"

„Doch, sie hat mich lieb! Sie hat mich mehr lieb als dich!"

„Quatsch! — Ich war viel eher da als du. Mich hat sie schon liebgehabt, als sie dich noch gar nicht kannte."

„Nein, mich hat die Mutti am liebsten. Ich bin immer krank gewesen. Der alte Vater Plaschke in der Klinik hat gesagt, seit er krank ist, haben ihn alle wieder sehr lieb. Und weil ich auch immerzu krank war, deswegen hat man mich am liebsten."

In diesem Augenblick kam die Mutter zu den beiden Kindern. Karl stürzte von rechts, Peter von links auf sie zu, und aus beider Munde klang die gleiche Frage:

„Mutti, wen hast du am liebsten von uns?"

„Alle beide ganz gleich lieb!"

„Und den Rudi hast du nicht lieb, Mutti?"

„Natürlich, ich habe euch alle drei ganz gleich lieb."

„Mutti, das geht doch gar nicht! Einen mußt du doch lieber haben?"

„Mutti", flüsterte Peter schmeichelnd, „weil ich immer ein kranker Junge war und weil man Kranke besonders liebhaben muß, das sagt der Vati, hast du mich am liebsten? Sag es mir ganz leise ins Ohr."

„Mutti, ich bin aber viel länger bei dir als der Peter! Mutti, ein Junge, der immerzu solch ein Miesepeter ist wie der Peter, den kannst du gar nicht so liebhaben. Der Lehrer in der Schule hat zu mir gesagt: ‚Du bist ein tüchtiger Junge. Tüchtige Jungen hat jede Mutter lieb'."

„Ich habe euch wirklich ganz gleich lieb, Kinder."

„Mutti, das kann ich mir nicht denken. — Ich habe ein Schaukelpferd und ein Steckenpferd und die kleine Schekke auf vier Rädern. Das sind drei Pferde. So wie wir drei. Aber das Steckenpferd kann ich nicht leiden. Das Steckenpferd hat einen zerbrochenen Kopf, das ist wie der Peter, der auch immerzu krank ist. Ich bin das schöne Schaukelpferd, das habe ich am liebsten. — Mutti, wenn wir nachher allein sind, sagst du es mir. Der Peter braucht das nicht zu wissen.“

Mit beiden Fäusten ging Peter auf den älteren Bruder los. „Ich bin kein Steckenpferd mit ’nem kaputten Kopf! Ich bin auch ein tüchtiger Junge!“

Pucki mußte die beiden Kampfhähne trennen. „Wer mich liebhat, der ist jetzt artig und macht der Mutti keinen Kummer.“

„Mutti, ich mach’ dir doch Freude!“

„Das will ich hoffen, Karlchen. Aber mit Worten ist das nicht getan, ihr müßt es durch die Tat beweisen.“

„Das tu ich auch!“ schrie Peter aus Leibeskräften.

„Ich auch! — Und ich bin doch das Schaukelpferd!“

„Mutti, wenn die Frösche so schön rufen, kauft dann der Vati die Wiese?“

„Nein, mein lieber Junge, der Vati hat für die Wiese kein Geld.“

„Warum hat denn der Onkel Eberhard so viel Geld?“

„Das verstehst du noch nicht, mein Junge, und das brauchst du auch noch nicht zu wissen.“

Eine halbe Stunde später wurde Emilie in der Küche von den Kindern gefragt, warum der Vati nicht so viel Geld hätte wie Onkel Eberhard. Emilie meinte, Onkel Eberhard hätte eben nicht so viele Ausgaben wie der Vater. „Er hat keine Klinik, er arbeitet in einem Büro und bekommt jeden Monat ein großes Gehalt.“

„Wenn man in einem Büro arbeitet und ein Gehalt bekommt, hat man dann immer viel Geld?“

„Ja, dann hat man immer Geld.“

„Du kriegst doch auch immer Geld, Emilie?“

„Ja, Karlchen — —“

„Sag mal — kannst du nicht die Wiese mit den Fröschen kaufen?“

„Soviel Geld habe ich nicht."

„Schade! — Sag mal, wo gibt es denn so viel Geld?"

„Ach, Karlchen, manche Menschen haben sehr viel Geld."

„Vielleicht Tante Waltraut? Oder Fräulein Melchert?"

„Nein, die bestimmt nicht! Es gibt aber sehr reiche Leute. Mitunter werden ganz arme Leute plötzlich reich. In unserem Dorfe ist das einmal so gewesen. Dort hatte einer eine Kiesgrube, die hat er jetzt gut ausnutzen können. — Aber das verstehst du noch nicht. Das Geld liegt mitunter auf der Straße."

„Auf der Straße?"

„Ja, ja, manch einer braucht es nur aufzuheben."

„Die Mutti hat auch mal auf der Straße Geld gefunden", mischte sich Peter ein. „Sag mal, liegt Geld immer auf der Straße?"

„Ich habe zu tun, Kinder, laßt mich in Ruhe!"

Nachdenklich entfernten sich die beiden Knaben. Emiliens Worte wollten ihnen nicht aus dem Sinn. Peter erinnerte sich ganz genau daran, daß die Mutti einmal fünf Pfennige auf der Straße gefunden hatte. Wenn das Geld wirklich auf der Straße lag, konnte er vielleicht so viel finden, daß Vater wenigstens den Bach mit den lieben Fröschen kaufen konnte.

„Wollen wir mal gehen?" fragte Peter plötzlich.

„Zu den Fröschen?"

„Nein, auf die Straße — wo das viele Geld liegt."

„Ich habe noch kein Geld liegen sehen."

„Man muß es suchen", beharrte Peter.

„Quatsch, es liegt ganz bestimmt kein Geld da."

„Wollen mal sehen!" Schon wanderte Peter aus dem Hause hinaus, ging durch das geöffnete Tor und ließ seine Blicke auf der Straße umherschweifen. Weit und breit war kein Geldstück zu sehen. Er begann den Rinnstein genauer zu untersuchen und stöberte mit den Fingerchen zwischen dem Straßenschmutz umher.

„Was machst du da, mein Junge?"

Peter blickte den Herrn an, der die Frage stellte. Er kannte ihn nicht. „Ich suche Geld."

„Hast du welches verloren?"

„Vielleicht liegt es in dem Schmutz."

„Wieviel hast du verloren, Kleiner?"

„Verloren? — Ich suche Geld."

„Na, mein Junge, laß das sein. Hier hast du zehn Pfennige."

„Schenkst du mir das Geld?"

„Ja, Kleiner."

„Danke!"

Der Herr ging weiter. Strahlend blickte Peter auf das Geldstück. Das hatte zwar nicht auf der Straße gelegen, aber wenn er noch mehr dazu fand, jeden Tag etwas, würde der Bach mit den Fröschen bald gekauft werden können. Der große Kehrichthaufen an der Straßenecke hatte seine besondere Aufmerksamkeit erregt. Er suchte nach einem Stöckchen und begann emsig damit in dem Haufen zu stochern.

„Peterchen, was machst du denn da?" Das war die Kaufmannsfrau, bei der Emilie alles einholte.

„Ich suche Geld!"

„Hast du nicht aufgepaßt? Wieviel hast du verloren?"

„Schenkst du mir auch zehn Pfennige?"

„Was solltest du denn einkaufen, Peterchen?"

„Wir wollten gern die kleinen Frösche und den Bach haben."

„Frösche? — Komm mit, Peterle, ich gebe dir etwas."

Die Augen des Knaben leuchteten. „Schenk mir wieder eine kleine Tüte mit — mit den Bonbons, die so schön kalt im Mund schmecken."

„Was soll ich dir schenken?"

„Wo's plötzlich ganz kalt im Halse ist. — Die kleinen weißen Dinger! Komm, ich will sie dir zeigen!"

Sie betraten zusammen den Laden. Mit dem schwarzen Finger zeigte Peter auf eine Büchse mit Pfefferminzplätzchen. „Die da möchte ich gerne haben!"

Die gutherzige Kaufmannsfrau füllte ein Tütchen mit Plätzchen und reichte es dem Knaben. Der stürmte davon, kam aber sofort zurück, schrie ein lautes „Danke" in den Laden und eilte fort. Waltraut sah ihn durch das Tor kommen.

„Peter, bist du schon wieder ausgekratzt?"

„Laß nur, Tante Waltraut, wir kaufen jetzt die Wiese mit den Fröschen. Dann spielen wir auf der Liegewiese und schreien wie die Frösche. Darüber freuen sich alle Kranken und werden schnell gesund."

Karlchen wurde sehr nachdenklich, als er von dem jüngeren Bruder erfuhr, daß das Geld doch auf der Straße läge. Als Peter ihm die zehn Pfennige zeigte, schüttelte er den Kopf.

„Das ist gar nichts! Eine Wiese kostet hundert Mark. Wir müssen hundert Mark haben, die liegen nicht auf der Straße. — Ich weiß was Besseres!"

Trotz allen Fragens verriet Karl nicht, was er sich ausgedacht hatte. „Ich weiß was viel Besseres als du. Sollst mal sehen!" sagte er wichtig.

„Ich weiß auch was!"

„Nein, ich weiß mehr!"

„Ach du! — Du bist ein Miesepeter!" Schon saßen Peters Finger in den Haaren des Bruders. Lautes Geschrei ertönte, so daß Pucki gelaufen kam und die Knaben auseinanderbrachte.

„Rudi ist der artigste von euch dreien. Er sitzt brav bei

mir, und ihr zankt euch ständig. Geschwister sollen sich liebhaben und nicht immer streiten."

Die strengen Worte der Mutter verstärkten nur den Vorsatz der Knaben, ihr zu beweisen, daß sie ihr etwas besonders Liebes antun wollten.

Karlchen hatte einen Plan, doch war er nicht leicht auszuführen. Er wollte heimlich an Onkel Eberhard schreiben, der so viel Geld hatte, daß er dem Vati die Wiese mit den Fröschen kaufen sollte. Da Karlchen aber erst seit zwei Monaten die Schule in Rahnsburg besuchte, ging es mit dem Schreiben noch nicht recht. Er wollte seinen schönen Plan aber keinem verraten, und so durften weder Emilie noch Tante Waltraut von dem Brief etwas wissen. Es war wohl am richtigsten, wenn er den großen Bruder seines Schulfreundes Anton bat, den Brief an Onkel Eberhard zu schreiben. So wandte sich Karlchen am nächsten Tage vertrauensvoll an Anton, der sofort seinen großen Bruder herbeirief, damit der Brief geschrieben würde.

„Wenn du mich auf deinem Schaukelpferd reiten läßt, wenn du mir deinen Pferdestall zum Spielen borgst, schreibt er den Brief", sagte Anton.

„Ja, Anton, ich borge dir den Pferdestall, und auf meinem Schaukelpferd kannst du reiten."

Max, Antons älterer Bruder, erklärte sich sofort zum Schreiben bereit. Noch in der Pause wurde mit Bleistift auf eine ausgerissene Heftseite der Brief geschrieben, den Karlchen dem großen Jungen vorsagte:

„Lieber Onkel Eberhard! Der Vati möchte gerne die Wiese mit dem Bach und den Fröschen kaufen, um darauf die Kranken hinzulegen. Aber er hat kein Geld und muß anderes bezahlen. Nun will er keine Bocksprünge machen, er hat nämlich keinen Mut. Wir Kinder aber dürfen Bocksprünge machen, hat er gesagt, und ich habe auch Mut. Die Wiese kostet viel Geld, ich glaube hundert Mark. Bitte, kaufe uns die Wiese mit den Fröschen. Du darfst dann auch mit uns ins Wasser gehen. Wir quaken alle zusammen mit den Fröschen. Du kannst dann mitquaken. Durch den Zaun, wo ein Stück los ist, kannst du auch kriechen. Wir ärgern so gerne den ollen Mann! Wenn uns die Wiese aber gehört, wo der Bach fließt und die Frösche quaken, dann brauchen wir den Mann nicht mehr zu fragen und jagen ihn aus dem Grase 'raus, wie er das mit uns kleinen Jungen macht."

„Mach endlich Schluß", sagte Max unwillig, „mehr schreibe ich nicht."

„Bin schon fertig. — Es küßt dich und deine Frau Karlchen."

„Hast du auch einen Umschlag?" fragte Max.

Ein Umschlag war natürlich nicht aufzutreiben.

„Dann bringe morgen einen mit, denn so kannst du den Brief nicht abschicken."

Das versprach Karlchen auch.

„Mußt auch die Straße und die Hausnummer wissen, sonst kommt es nicht an. Bremen ist eine große Stadt."

„Ich frage schon."

Vom Schreibtisch der Mutti wurde ein Briefumschlag genommen. Die Anschrift des Onkels erfuhr Karlchen durch Tante Waltraut.

„Willst du an Onkel Eberhard schreiben?" fragte sie. „Du kannst ja noch gar nicht schreiben."

„Ich will nur wissen, wo er wohnt!" log er.

Waltraut gab die gewünschte Auskunft, und Karl brachte am nächsten Tage Briefumschlag und Anschrift dem großen Max mit. Sofort wurde der Brief, natürlich ohne Marke, in den am Schulhause angebrachten Briefkasten geworfen.

Karl fühlte sich froh und leicht. Er würde es sein, der dem Vati das Geld für die Wiese mit dem Bach und den

Fröschen geben konnte. — Dann war er bestimmt der Beste! Er hatte hundert Mark, und Peter mußte mit seinen zehn Pfennigen beschämt zurückstehen. Der große Max hatte freilich neue Zweifel in sein Herz gegossen und nach Absendung des Briefes gemeint, eine Wiese koste mehr als hundert Mark. Aber Karlchen ließ sich dadurch nicht einschüchtern.

„Wenn sie mehr kostet, schreiben wir eben noch an den reichen Vater von Tante Mary. Der hat furchtbar viel Geld, der kauft dann die Wiese."

Nach Schluß der Schule, als die Knaben lärmend nach Hause eilten, blieben sie plötzlich wie festgewurzelt stehen. Etwas ganz Neues bot sich ihren Blicken. An einer Straßenkreuzung stand ein alter Mann. Er lehnte sich an die Hauswand und hielt in den Händen eine kleine Ziehharmonika, der er leise Töne entlockte. Sein graues, strähniges Haar flatterte im Winde. Neben ihm saß ein schwarzer Hund, der den alten schäbigen Hut des Mannes im Maule hielt und die Vorübergehenden aus seinen blanken Hundeaugen bittend anschaute. In dem Hut lagen einige Münzen.

Die Knaben blieben wie gebannt stehen. Der alte Mann kümmerte sie wenig, aber der Hund mit dem Hut im Maule erregte ihre größte Aufmerksamkeit. Und als nun ein Mann vorüberging, dem Hunde eine Münze in den Hut warf und der Hund den Hut für einen Augenblick niederstellte und Männchen machte, gerieten die Knaben in hellstes Entzücken.

„Gib ihm auch was in den Hut", rief einer dem anderen zu. Aber in keiner der Hosentaschen war ein Geldstück zu finden.

„Ich reiße mir einen Knopf ab", meinte einer der Knaben, „dann macht der Hund wieder Männchen."

„Das ist Schwindel“, tadelte Karl, „für einen Knopf kann sich der Mann keine Semmel kaufen.“

Sie rieten hin und her, wo sie etwas Geld hernehmen sollten. Und als ein Mann, den einer der Knaben kannte, um die Straßenecke kam, eilte die kleine Schar auf ihn zu und bat, dem Hund etwas in den Hut zu werfen. Als er es tat, setzte der Hund wieder den Hut auf den Boden und dankte durch Aufheben der beiden Vorderpfoten.

„Sind Sie morgen wieder hier?“ fragten die Kinder.

Der Alte nickte.

„Wir bringen Ihnen morgen alle was mit!“

Obgleich jeder der Knaben wußte, daß er zu Hause zum Mittagessen erwartet wurde, rührte sich keiner von der Stelle. Es war gar zu nett anzusehen, wie der Hund mit dem Hut umging. Bald gesellten sich größere Kinder hinzu, und plötzlich sah ein zwölfjähriges Mädchen, wie der Alte langsam zusammenfiel und mit geschlossenen Augen an der Hauswand herunterrutschte.

„Er ist krank“, rief Karlchen, „das habe ich gleich gesehen. Er muß zum Arzt!“

Ein herbeieilender Mann stützte den Alten. Ein zweiter kam zur Hilfe.

„Was machen wir mit dem Manne? Bringen wir ihn zu Doktor Gregor? Der wohnt am nächsten.“

„Freilich, bringt ihn zum Vati, der macht ihn wieder gesund!“ rief Karl.

Der Alte, der rechts und links von den hilfsbereiten Männern gestützt wurde, schien kaum noch die Kraft zu haben, weitergehen zu können. Der Hund, der den Hut im Maule hielt, trottete ängstlich hinter ihnen her. Ihm folgten die Kinder. Plötzlich setzte sich Karlchen in Laufschritt, eilte voraus und erreichte als erster das Doktorhaus. Laut rief er:

„Vati, es kommt wieder einer, der operiert werden will!

— Vati, Tante Waltraut!“

Der Hausdiener hörte den Ruf, auch Schwester Lotte kam herbei. Langsam näherte sich der traurige Zug, und schon öffneten sich die Türen der Klinik, um den bewußtlosen Mann einzulassen. Da wurde nicht erst gefragt, ob er auch zahlen könne. Man wußte, daß Doktor Gregor für jeden Kranken zu sprechen war, und daß er keinen fortschickte, der seine Hilfe brauchte.

Man brachte den alten Mann in ein Zimmer, aber ehe sich der Hund durchdrängen konnte, war die Tür geschlossen. Er ließ ein lautes Jaulen hören. Karl streichelte das unsaubere Fell des Tieres und sagte: „Sei nicht traurig, dein Herrchen bekommt jetzt Medizin, dann wird er wieder gesund.“

Fast schien es, als wirke der Trost des Kindes beruhigend auf das Tier. Und als Karlchen den Hund lockte, folgte er ihm bis in die Küche. Den Hut ließ er nicht los. Karlchen versuchte einmal, danach zu greifen, aber da knurrte ihn der Hund böse an. Er ließ auch den Hut nicht los, als ihm Emilie einen Knochen reichte. Erst als sie sich mit Karl etwas entfernte, stellte er den Hut nieder, setzte sich dicht daneben und begann dann den Knochen mit Behagen zu benagen. Kaum war das geschehen, nahm er den Hut wieder ins Maul und ging damit dem Ausgang der Küche zu.

Schnell eilte Karlchen aufgeregt zu seiner Mutti. „Mutti, jetzt haben wir's! Draußen ist einer, der sammelt für uns das Geld für die Wiese mit den Fröschen. Sollst mal sehen, wieviel Geld wir jetzt bekommen! Vati macht den alten Mann gesund, inzwischen sammelt der niedliche Hund Geld für uns.“

Pucki war es längst gewöhnt, von ihren Kindern unzusammenhängende Erzählungen zu hören; sie wurde auch heute aus den Worten ihres Jungen nicht klug. Karl war schon wieder davongelaufen und suchte nach dem Hund. Der saß am Eingang zur Klinik, traurig und leise jaulend, und hielt den Hut mit den wenigen Münzen im Maul.

Doktor Eck, der Arzt, der in der Gregorschen Klinik tätig war, sah als erster den bettelnden Hund.

„Nanu, was ist denn das für ein neuer Gast? Das ist doch ein Blindenhund."

Da kam Karlchen angesprungen. „Onkel Doktor, schmeiß ihm Geld in den Hut, er sammelt jetzt für den Vati. Wir wollen doch die Wiese mit den Fröschen kaufen, der Vati hat aber kein Geld. Nun bleibt der Hund so lange hier sitzen, bis wir die Wiese kaufen können. Bitte, gib ihm was!"

„Wem gehört denn der Hund?"

„Das ist jetzt mein Hund!"

„Aber Karlchen, das ist doch nicht dein Hund."

„Gib was in den Hut, Onkel Doktor. Wir brauchen Geld. Sage auch allen anderen in der Klinik, sie sollen 'rauskommen und dem Hunde was in den Hut schmeißen."

„Wenn dein Vater kommt, Karl, wird er böse, das weißt du!"

„Der freut sich mächtig, wenn der Hund hier sitzt."

Doktor Eck zog die Börse und warf zehn Pfennige in den Hut. Aber der Hund ließ traurig die Ohren hängen und machte keine Männchen. Er schaute nur mit trübem Blick den freundlichen Geber an.

„Bringe den Hund zu dem Manne zurück, dem er gehört", gebot der Arzt.

Karlchen schüttelte den Kopf: „Erst müssen wir das Geld für die Wiese haben."

Doktor Eck sagte nichts mehr. Er beschloß, genauere Erkundigungen einzuziehen. Es war anzunehmen, daß der

Besitzer des Hundes in die Klinik eingeliefert worden war.

Karlchen aber setzte sich neben dem Hund auf die Stufen und wartete auf milde Gaben.

OH, DIESE KINDER!

Nachdem Pucki von ihren Kindern gehört hatte, daß Fräulein Melchert ihre „Lebensgeschichte" mitgenommen hatte, war sie sofort zu ihr gegangen, um sie zu fragen, auf welche Weise sie in den Besitz des Buches gekommen sei.

„Sie haben mir doch verschiedene Bücher gegeben, Frau Doktor Gregor. Auf dem Schreibtisch lag dann noch eins, das habe ich auch mitgenommen."

„Ich brauche dieses Buch, geben Sie es mir bitte zurück."

„Schade! — Lassen Sie mir doch noch das Buch, es ist so ulkig! Ihre Jungen haben viel Freude daran, ich will ihnen heute weiter daraus vorlesen."

„Ich brauche das Buch, Fräulein Melchert. Sie haben es ohne meine Erlaubnis mitgenommen; ich muß es zurückhaben."

„Das ist gerade ein so schönes Buch!"

Aber Pucki ließ nicht nach. Sie war erleichtert, als sie das Buch endlich in Händen hielt und sorgsam in ihren Schreibtisch einschloß. — Am Nachmittag kamen die Knaben zu ihr und maulten.

„Mutti, warum hast du Fräulein Melchert das schöne Buch weggenommen? Gib es ihr doch wieder, es soll noch so viel Schönes drin stehen! Wir haben so sehr darüber gelacht. Mutti, Tante Waltraut hat gesagt: Lachen macht Kranke wieder gesund."

„Ihr seid aber nicht krank, Kinder."

„Weißt du das genau, Mutti?“ fragte Peter. „Vielleicht tut es mir wieder irgendwo weh. Ich glaube, es tut mir hier weh.“ Dabei schlug er sich mit beiden Händen auf sein Bäuchlein.

„So — da tut es dir weh? — Nun, dann stecke ich dich ins Bett und gebe dir Tropfen.“

„Ich glaube, jetzt ist es schon wieder weg. Mutti, bitte, gib uns doch das schöne Buch!“

„Nein, das Buch bekommt ihr nicht!“

Karl streichelte die Hand der Mutter. „Mutti, da lernen wir nur Dummheiten. — Mutti, ob das kleine Mädchen noch lebt?“

„Mit der möchte ich spielen — das wäre ein Spaß!“

„Feine dumme Streiche machte die! Der Vater wird sie oft ausgescholten haben!“

Wieder empfand Pucki einen schmerzhaften Stich am Herzen. Ihre Unarten von einst machten den nachhaltigsten Eindruck auf ihre Kinder. Sie wollte in Zukunft das Buch sorgsam hüten, damit den Kindern nicht noch mehr von ihren Streichen bekannt würde. — Um die Kinder abzulenken, fragte sie:

„Was macht denn der Hund des alten Mannes?“

„Weiß nicht! — Sollen wir gleich mal nachsehen?“

„Ihr könntet auch einmal den alten Mann besuchen. Erst fragt ihr natürlich Tante Waltraut, ob ihr nicht stört. Seid aber recht artig.“

„Du weißt doch, Mutti“, sagte Karlchen, „daß wir in der Klinik immer sehr artige Kinder sind. Wir gehen leise, wir sprechen nicht laut, denn wir wissen, daß die Leute krank sind und gesund werden müssen.“

„Mir tut auch was weh!“ rief der jüngere Bruder. „Ein bißchen tut es jetzt auch weh!“

„Wo tut es dir weh, Peter?“

Er wies auf den Oberarm. „Der Karl hat mich vorhin da geschlagen."

„Nun geht hinüber zu Tante Waltraut. Holt von Emilie einige Wurstpellen für den Hund."

„Mutti, wenn wir erst die Wiese mit dem Bach und den Fröschen haben, spielen wir da mit dem Hund?"

„Die Wiese bekommen wir nicht."

Karl machte ein pfiffiges Gesicht. „Warte nur ab, Mutti, ich weiß was."

„Komm nu schnell zum alten Manne und zum Hund", drängte Peter, und rasch liefen die beiden Knaben davon.

Beim Betreten der Klinik gingen sie freilich auf Zehenspitzen und unterhielten sich flüsternd. Einmal hatten die Kinder sich laut gezankt, da war der Vater gekommen und hatte jedem einen ordentlichen Denkzettel gegeben. Das vergaßen die drei nicht so rasch.

Schwester Waltraut war nicht zu finden, daher wurde Schwester Lotte gefragt, ob sie zu dem alten Manne gehen dürften, der auf der Straße umgefallen war.

„Und der Hund sitzt auch nicht mehr am Tor! Wo ist denn der Hund?"

„Der wird gebadet."

„Gebadet?"

„Jawohl, der Hund verlangt nach seinem Herrn; ein unsauberer Hund darf aber nicht ins Krankenzimmer."

„Aber das Herrchen ist doch auch sooo schmutzig!"

„Nein, Karl, der alte Mann ist blitzsauber. — Wollt ihr ihn einmal sehen?"

Leise folgten die drei Kinder der vorangehenden Schwester ins Krankenzimmer. Doktor Gregor hatte bei dem alten Manne völlige Erschöpfung festgestellt. Er hatte ihn daher ins Bett gesteckt, damit er langsam wieder zu Kräften käme. Der Alte schien sich hier recht wohl zu fühlen, nur verlangte er nach seinem treuen Hunde „Mohrchen“. Da hatte Schwester Waltraut das unsaubere Tier genommen, um es zu baden. Der alte, abgeschabte Hut mit den Münzen stand neben dem Bett des Kranken. In eine Ecke des Zimmers war ein gut mit Heu gestopfter Sack hingelegt, ein schönes Lager für den Hund. Er hatte so fürchterlich gejault, daß nichts anderes übrigblieb, als ihn zu seinem Herrn ins Zimmer zu lassen.

Die Nachricht, daß der Hund gewaschen wurde, erregte sofort die Neugier der Kinder. Eine Hundewäsche war etwas Neues für sie. Das mußten sie unbedingt sehen. So verließen die drei bald wieder den alten Mann, um Schwester Waltraut zu suchen.

Sie war schon eifrig mit dem Mohrchen beschäftigt. Rudi klopfte sich auf den Magen.

„Hm — riecht das hier schön!“ sagte er.

„Es riecht nach Vaters Operation“, ergänzte altklug der Älteste. „Tante Waltraut, was machst du mit dem Hund?“

„Schaut einmal her, wie ruhig er sich alles gefallen läßt. Er hat Freude daran, daß er wieder sauber wird, denn Schmutz tut weh.“

„Ach nein, Tante Waltraut“, lachte Peter, „mir tut der Schmutz nicht weh.“

„O doch, Peterli. Wenn auf deiner Haut viel Schmutz sitzt, können die Hautporen nicht atmen. Es kommt dann keine frische Luft an den Körper, und du wirst krank. Sauberkeit ist die Hauptsache.“

„Wer kann nicht atmen, Tante Waltraut?“

„Die Hautporen.“

„Wo atmen sie?“

„Die Haut hat viele kleine Löchlein, durch die sie die Luft einzieht. Wenn ihr größer sein werdet, versteht ihr das besser.“

Peter lachte herzlich. „Meine Haut hat keine Löcher,

Tante Waltraut, nur am Bein waren mal welche. Die haben aber mächtig wehgetan."

Mohrchen ließ ein lautes frohes Bellen hören. Die Güsse mit dem lauwarmen Wasser schienen ihm großes Vergnügen zu bereiten. Immer wieder plantschte er in das Badewasser und schüttelte sich, daß die Tropfen nur so flogen.

„Ist er nun schön?"

„Jetzt wird er gut abgetrocknet und dann — —"

„Ich möchte ihn abtrocknen!"

„Ich auch!"

„Ich weiß nicht, ob er sich das von euch gefallen läßt. Ihr versteht das nicht recht, Kinder."

„Hast du denn in deiner Lehrzeit auch gelernt, Hunde zu waschen, Tante Waltraut? Wäschst du morgen den Hund wieder?"

„Nein, das ist nicht nötig. Aber bürsten und kämmen wollen wir ihn."

„Ich muß jeden Tag gewaschen werden", klagte Peter. „Ich möchte lieber so ein kleiner Hund sein!"

Wieder bestaunten die Kinder das Tier, das ganz still hielt, als es tüchtig mit einem Tuch abgerieben wurde. Schließlich leckte es seiner treuen Pflegerin dankbar die Hand und rieb den Kopf an ihrem Rock.

„Jetzt sagt er dir ‚Danke schön', Tante Waltraut. — Darf er nun mit uns gehen?"

„Nein, er ist noch zu naß, er muß noch ein Weilchen im Zimmer bleiben."

„Aber dann darf er?"

„Meinetwegen, er wird aber lieber zu seinem Herrn gehen wollen."

„Du, wir brauchen ihn!"

Schwester Waltraut wurde plötzlich fortgerufen, gab

aber den Kindern noch den strengen Befehl, den Hund nicht aus dem Zimmer zu lassen. Da das Tier äußerst gutartig war, hatte sie keine Bedenken, die Kinder mit dem Hund alleinzulassen, zumal sie bald zurückkehren würde.

Die drei Knaben kauerten neben dem Hund auf der Erde.

„Jetzt bist du ein sauberer Hund", sagte Karl, „jetzt wirst du noch mehr in den Hut bekommen als früher. — Wenn du trocken bist, setzen wir dich wieder an die Eingangspforte. Dort sammelst du weiter."

„Einen Hut müssen wir noch haben."

„Ich weiß schon, draußen hängt ein Hut", rief Karl.

In der Vorhalle hing des Vaters Hut neben seinem Stock. Mit Hilfe des Stockes wurde der Hut heruntergeholt, und freudestrahlend kehrte Karl zu Mohrchen zurück. Kaum hatte der Hund den Hut erblickt, als er schon die Krempe ins Maul nahm und sich vor Peter hinsetzte. Heller Jubel der Kinder belohnte dafür das brave Mohrchen.

„Wir gehen nun zu allen Leuten in der Klinik", sagte Karl. „Das Mohrchen muß vor jedem Bett schön machen. Und dann gehen wir mit ihm hinaus auf die Straße. Und wenn der Hut voll ist, geben wir alles der Mutti. Dann kaufen wir den Bach mit den Fröschen."

Aber in die Zimmer trauten sich die Kinder doch nicht hinein. Peter war der Meinung, lieber gleich auf die Straße zu gehen, weil der Hund nun so sauber sei. Er wühlte in seinen Hosentaschen, fand darin ein Stückchen Zucker und ein Stückchen Schokolade und lockte damit Mohrchen bis zum Hauseingang. Noch immer trug das Tier des Vaters Hut im Maule.

Der erste Vorübergehende lachte über den drolligen Anblick. Rechts und links von Mohrchen standen die Knaben und blickten erwartungsvoll jeden an, der vorüberging.

„Wir müßten auch so ein Quietschding haben, wie der alte Mann, und Musik machen, sonst wissen die Leute nicht, daß wir was haben wollen."

„Ich hab' 'ne Trompete", schrie Karl begeistert, „die hole ich." Mit großen Sprüngen eilte er ins Haus. In der Tür rannte er mit seiner Mutter zusammen. „Mutti, jetzt geht's los! Nachher ziehst du dich mal an, und dann kommst du durch das Tor nach der Klinik."

„Was ist denn dort los?"

„Komm nur, ganz was Feines!"

In der nächsten Viertelstunde wurde Frau Doktor Gregor noch aufgehalten, dann hielt sie es aber für angebracht, nach ihren Kindern zu sehen. Die strahlenden Augen ihres Ältesten ließen darauf schließen, daß etwas Besonderes im Gange war.

Karlchen trompetete jeden Vorübergehenden kräftig an.

„Onkel Wallner kommt!" rief er plötzlich.

Karlchen blies aus Leibeskräften. Da kam langsam, auf den Stock gestützt, Herr Wallner heran, der unweit der Klinik ein Häuschen hatte. Der alte Herr ließ sich häufig in der Klinik sehen. Die Knaben wußten von der Mutter, daß er der erste Patient in der Klinik gewesen war.

Onkel Wallner hatte immer eine kleine Leckerei für die Knaben in der Tasche und scherzte gerne mit ihnen. In Rahnsburg konnte man sich nicht genug darüber wundern, welche Veränderung mit dem alten Herrn in den letzten Jahren vorgegangen war. Früher war er meist mürrisch und verdrossen gewesen, jetzt hatte er immer einen Spaß auf den Lippen. Die drei Knaben hingen daher mit großer Liebe an dem alten Herrn.

Karlchen tutete ihn kräftig an. Peter streckte beide Händchen aus und sagte mit kläglicher Stimme: „Ein ganz armer Mann bittet um eine kleine Gabe."

Herr Wallner betrachtete die kleine Gruppe und lachte. „Da muß ich also wohl etwas geben?"

„Mußt du auch", sagte Peter. „Wir wollen doch die Wiese mit den Fröschen kaufen, und der Vati hat kein Geld. Nu sitzen wir hier und sammeln, bis der Hut voll ist."

Diese letzten Worte hörte noch Pucki, die soeben über den Hof kam und erstaunt die merkwürdige Gruppe

betrachtete. Sie lachte aber nicht, wie Herr Wallner, im Gegenteil, sie war höchst ungehalten über das Vorhaben ihrer Kinder. Ihr erster Griff galt dem Hut. Da knurrte aber das Tier so grimmig, daß Frau Doktor Gregor es für geraten hielt, dem Hund lieber den Hut zu lassen.

„Ihr kommt sofort ins Haus! Was soll denn das?"

„Mutti, wir haben doch alle kein Geld! Nun wollen wir die Wiese mit dem Bach und den Fröschen kaufen. — Laß doch den lieben Hund sitzen. Die Leute haben schon viel gegeben. Guck mal in den Hut!"

„Warum sind Sie denn so böse, Frau Doktor?" sagte Herr Wallner. „Es sind eben Kinder, die wollen ihren Spaß haben." Aber Pucki ließ sich nicht beirren. Sie schalt die Kinder aus und wies sie ins Haus. Da gingen die drei betreten davon. Der Hund folgte ihnen getreulich. Den Hut ließ er aber nicht los.

Als eine Viertelstunde später Doktor Gregor seinen Hut suchte und nicht fand, konnte keiner Auskunft geben, wo er geblieben war. Emilie war die erste, die seinen Hut bei Mohrchen entdeckte. Energisch griff sie danach und wollte dem Hunde den Hut entreißen. In der Krempe waren bereits zwei Löcher.

„Wartet nur, ihr Bengels, der Vater wird euch die Dummheiten schon austreiben!"

So war es auch. Mohrchen wurde zu seinem Herrn ins Zimmer gebracht, und die drei Knaben erhielten vom Vater einen gehörigen Denkzettel.

„Du hast doch gesagt", schluchzte Karlchen und rieb sich den Hosenboden, „Kinder dürfen Spaß machen! Wenn wir doch so gerne den Bach und die Frösche haben wollen! — Das kleine unartige Mädchen in dem Buch ist doch viel schlimmer als wir und hat nicht immerzu Schläge bekommen."

„Es gibt an den nächsten drei Sonntagen keine süße

Speise für euch", sagte die Mutter. „Das Geld wird gespart. Dafür kaufe ich dem Vater einen neuen Hut."

Am Abend schlang Peter beide Ärmchen um den Hals der Mutter. „Mutti, ein Mensch, der immer gesund bleiben will, muß auch einen süßen Brei haben, sagt Schwester Waltraut."

„Jawohl, Peter", erwiderte Pucki ahnungslos, „wenn ein Mensch gesund bleiben will, braucht er Fleisch, Gemüse und auch Süßigkeiten."

„Süße Speisen auch?"

„Ja, auch die sind gesund."

„Für Kinder?"

„Ja, besonders für Kinder."

„Warum machst du uns denn krank, Mutti?"

Jetzt begriff Frau Gregor. „Mutti sorgt schon dafür, daß ihr gesund bleibt", sagte sie rasch.

„Du hast doch aber gesagt, daß kleine Kinder was Süßes brauchen."

„Ihr wart ungezogen und — —"

„Brauchen Kinder, wenn sie ungezogen sind, nichts Süßes?"

Pucki hielt es wieder für ratsam, die Unterhaltung abzubrechen. „Lege dich hin, Peter, und schlafe jetzt. Rudi schläft auch schon."

Pucki gab ihrem Peter einen Gutenachtkuß und entfernte sich leise. Sie unterdrückte das Lachen, denn heute durfte sie ihre ernste Miene nicht aufgeben. Die Sache mit dem Hunde, das Betteln draußen am Tor, hatte sie doch recht geärgert. —

Schon am nächsten Tage galt es, ein neues Rätsel zu lösen. Kopfschüttelnd las Doktor Gregor beim Frühstück einen Brief seines Bruders Eberhard aus Bremen.

„Was ist denn das, Pucki? Wirst du daraus klug?"

„Von Eberhard?"

„Ja, er will uns selbstverständlich die hundert Mark geben, wundert sich aber, daß wir uns wegen dieser geringen Summe nicht an ihn wenden wollen oder das Geld nicht selbst aufbringen können. Er schreibt:

‚Wozu läßt Du erst Deinen Sohn schreiben, Claus? Wenn Ihr Geld braucht, steht es Euch jederzeit zur Verfügung. Mary schickt mit gleicher Post ein Paket mit Fröschen aus Schokolade an Deine Kinder ab. Nun schreibe mir genau, was Du eigentlich willst, denn weder Mary noch ich sind aus dem Kauderwelsch klug geworden. Hat sich der Junge einen Ulk gemacht?'"

„Karlchen kann doch nicht schreiben, sonst würde ich sagen, er hat wieder einmal einen Streich ausgeführt."

„Wer weiß, vielleicht hat er sich den Brief schreiben lassen. Ich will den kleinen Burschen gleich einmal rufen."

Karlchen, der noch beim Anziehen war, wurde herbeigeholt.

„Hast du an Onkel Eberhard einen Brief geschrieben?"

Das Kindergesicht strahlte: „Schickt er mir die hundert Mark, Vati?"

„Was hast du ihm denn geschrieben, oder besser: Wer hat geschrieben?"

„Vatilein — nun kannst du die Wiese mit dem Bach und den Fröschen kaufen! Immerzu habe ich nachgedacht, wie ich dir die Freude machen kann. Und weil der Hund — der Hund — na, du weißt doch. — Und sonst haben wir auch kein Geld verdienen können wie das kleine, unartige Mädchen in dem Buch, das alle Blumen abgeschnitten hat."

„Wer hat denn an Onkel Eberhard geschrieben?"

„Nu — der Max!"

„Wer ist dieser Max? Karlchen, jetzt erzähle einmal vernünftig. — Wie kommst du überhaupt dazu, einen anderen Jungen an Onkel Eberhard schreiben zu lassen?"

Als Karlchen das ernste Gesicht des Vaters sah, wurde er unsicher. „Bist du vielleicht böse, weil ich dir doch so eine große Freude machen wollte? Onkel Eberhard hat so viel Geld, und du hast nichts. — Du hast doch immerfort zu bezahlen für den Operationssaal. — Vati, freust du dich denn nicht, wenn ich dir die Wiese mit dem Bach und den vielen Fröschen kaufe?"

„Ich freue mich, wenn du ein artiger Junge bist, Karl, aber ich will nicht, daß du ohne mein und Muttis Wissen an einen Onkel oder an eine Tante schreibst. — Und nun erzähle einmal."

Karlchen redete sich mehr und mehr in Eifer. Gerührt und schweigend lauschte Pucki seinem Bericht. Es war ihr, als ob sie selbst spräche. Sie hatte als Kind oftmals versucht, anderen zu helfen, sie hatte allerlei ersonnen, wie sie zu etwas Geld kommen könnte. Auch sie wollte jedem Bedrängten helfen. Auch ihren Jungen trieb sein gutes Herz, an den reichen Onkel Eberhard zu schreiben und dadurch dem Vater zu helfen.

Unter dem Tisch tastete sie nach der Hand ihres Mannes und sah ihn mit einem bittenden Blick an. Claus durfte jetzt nicht hart zu Karlchen sein, dessen weiches Herz ihm diesen dummen Streich gespielt hatte.

Claus hob seinen Ältesten aufs Knie. „Mein Junge, es geht nicht an, daß du einem Schulfreund alles erzählst, was deine Eltern zu Hause besprechen. Wenn du etwas auf dem Herzen hast, wenn du jemanden um etwas bitten willst, so frage erst die Eltern, oder, wenn du meinst, daß es ein Geheimnis ist, sage es den Großeltern oder Tante Waltraut."

„Vati, kriegst du nu die hundert Mark und die Wiese mit dem Bach und den Fröschen?"

„Wir brauchen sie jetzt noch nicht."

„Ach doch, Vati, wir brauchen sie sehr. Ich habe schon

den Max, den Georg, den Paul und andere eingeladen, mit nackten Füßen im Bach herumzuplantschen. — Ach, Vati, bitte, bitte, kaufe doch die Wiese!"

„Du kannst jedem deiner Schulfreunde einen Frosch schenken — —"

„Aus dem Wasser von der Wiese?"

„Nein, einen Frosch von Schokolade, die heute oder morgen Tante Mary schicken wird."

Karlchen schrie vor Freude. „Kommen sie im Wasser hierhergeschwommen? Oder in einem großen Glas?"

„Aber Junge, es sind doch Frösche aus Schokolade!"

In der Schule war Karlchen der Held des Tages. Er erzählte, daß Tante Mary ihm einen großen Haufen Frösche aus Bremen schicken und daß jeder einen Frosch bekommen würde.

Während Peter und Rudi dann am nächsten Tage beglückt die Schokoladenfrösche in Empfang nahmen, die Tante Mary geschickt hatte, stand Karl enttäuscht neben dem Päckchen.

„Ich wollte doch andere Frösche haben. — Mutti, vielleicht kauft der Vati doch die Wiese mit den Fröschen. Ich möchte doch so gerne richtige Frösche haben, die quaken, und ich möchte mit nackten Füßen im Bach waten!"

KLINIK VON DOKTOR EISENBART

In Rahnsburg war ein furchtbares Unglück geschehen. Ein Auto war ins Schleudern gekommen und gegen einen Baum gefahren. Die drei Insassen wurden schwerverletzt davongetragen und fanden in der Gregorschen Klinik Aufnahme. An allen Straßenecken, in jedem Geschäft und auch in der Schule sprach man von nichts anderem, als von dem schrecklichen Ereignis. Viele Leute waren Zeuge dieses Unglücks gewesen, und jeder wußte neue Einzelheiten zu erzählen. So kam es, daß auch Karl Gregor, der von seinem Vater nicht viel über das Unglück erfuhr, durch die größeren Mitschüler genau unterrichtet wurde und dann zu Hause die Eltern mit unzähligen Fragen bedrängte. Alle Leute sprachen davon, daß Doktor Gregor in geradezu hervorragender Weise alles Notwendige angeordnet und geleitet hätte; man lobte den Arzt überall, und Karl war sehr stolz darüber.

„Sie sagen, Vati, du bist ein richtiger Menschenfreund. Du hast gleich das gemacht, was nötig war, um den Leuten die Schmerzen zu lindern."

„Es ist Menschenpflicht, dem Nächsten zu helfen, mein Junge."

„Wenn ich groß bin, werde ich auch ein Arzt. Es ist sehr schön, den Menschen zu helfen."

„Vati", fragte Peter, „wie hast du es denn gemacht, daß die Leute nicht mehr so große Schmerzen haben?"

„Das verstehst du noch nicht, mein Junge. Das weiß der Arzt, aber du brauchst es noch nicht zu wissen."

„Mutti, was hat denn der Vati gemacht, um den Leuten die Schmerzen wegzunehmen?"

„Du hast soeben vom Vati gehört, daß ihr das noch nicht versteht."

Am Nachmittag kam Peter zu Tante Waltraut und richtete an sie dieselbe Frage.

„Davon verstehst du noch nichts, Peterli", antwortete auch sie. „Die Leute kriegen was zum Einnehmen, daß die Schmerzen weggehen."

„Ich weiß schon, man schmiert ein, dann sind die Schmerzen nicht mehr so doll. — Tante Waltraut, kannst du mir nicht so was geben? Weißt du, manchmal habe ich auch solche Schmerzen — hier hinten." Peter legte beide Händchen auf den Hosenboden.

„Ich weiß schon, wenn der Vati mal tüchtig zugelangt hat!"

„Ja, Tante Waltraut. — Wenn du mir so 'ne Medizin gibst, schmiere ich vorher ein, dann kann es nicht so weh tun."

„Aber Peter! — Einmal gebe ich dir solche Medizin nicht, und zum andern geht das nicht. Wenn du Prügel verdient hast, sollst du auch die Schmerzen fühlen."

„Aber die arme Frau, die unter dem Auto lag und so geschrien hat — hat sie auch eine Medizin bekommen? Ist dann der Schmerz weg?"

„Wenn du selbst einmal Arzt bist, wirst du das alles wissen."

Unbefriedigt verließ der kleine Mann seine Tante und fragte bei Emilie an, was das wohl für eine Medizin sei.

„Das ist gar keine Medizin, Peter, der Arzt hat Spritzen. Wenn er dem Kranken mit der Spritze etwas einspritzt, hören die Schmerzen auf."

„Spritzen —?"

„Ja, Peter, kleine Spritzen! — Das ist aber nur etwas für den Arzt und die Krankenschwestern. Kein anderer darf die Spritzen anfassen."

„Wenn du dich mal in den Finger geschnitten hast, bekommst du dann auch so 'ne Spritze?"

„Du wärest mir ein schöner Doktor Eisenbart!"

„Was für ein Doktor, Emilie?"

„Das war ein Doktor, der hat die Leute auf besondere Weise wieder gesund gemacht." Sogleich fing Emilie an zu singen:

„Ich bin der Doktor Eisenbart,
kurier' die Leut' nach meiner Art,
kann machen, daß die Blinden gehn
und daß die Lahmen wieder sehn!"

Peter lachte hellauf. „Noch mal!"

Emilie sang den Vers zum zweiten Male.
„Noch mal!“ schrie Peter voll Entzücken.
Und noch einmal wiederholte das gutmütige Hausmädchen die Strophe. Peter sang schließlich mit, und als Emilie das Lied zum vierten Male wiederholt hatte, stürzte er davon, um dem Bruder den Vers vorzusingen.
Vom Doktor Eisenbart ließen sich die Kinder noch mehr erzählen. Es gab ein frohes Gelächter.
„Ich möchte nicht Doktor Eisenbart sein“, meinte Karl, „ich möchte lieber ein Arzt sein wie der Vati, von dem die Leute sagen, er ist gut und hilft ihnen. Ich werde auch ein Doktor mit einer Klinik, und dann helfe ich auch!“
„Ja, Karl, du nimmst 'ne Spritze, und gleich sind die Schmerzen fort!“ sagte Peter.
Der kleine Rudi, der auf Karlchens Schaukelpferd ritt, kam zu seinem ältesten Bruder. „Der Doktor soll Pferdchen gesund machen, hat nur einen halben Kopf.“
„Nun“, sagte Peter mit tiefer Stimme, „das könnten wir schon machen. Wir werden das Pferdchen operieren.“
„Hier auch operieren“, rief Rudi und schleppte seinen Teddybär herbei. „Bärchen brummt nicht mehr.“
Der Teddybär, der früher so schön gebrummt hatte, schwieg schon seit längerer Zeit, weil Peter sich auf das Stofftier gesetzt hatte.
„Au fein!“ rief Karlchen plötzlich. „Wir spielen jetzt Doktor! Wir haben eine Klinik und operieren!“
„Teddybär wieder brummen lassen“, schrie Rudi.
„Kommen Sie in einer halben Stunde in meine Klinik“, sagte Karl würdig. „Der Arzt hat jetzt noch keine Sprechstunde.“
„Wir machen Klinik! — Wir machen Klinik“, schrie Peter aus Leibeskräften und eilte ins Wohnzimmer, um die Mutti zu suchen. Frau Gregor war aber nirgends zu finden, sie war fortgegangen.

Nun gab es im Kinderzimmer eine erregte Lauferei. Der Operationssaal mußte hergerichtet werden, weil der Teddy operiert werden sollte. Der Spieltisch wurde mit einer Serviette, die Karl aus dem Eßzimmer holte, zugedeckt.

„Ich muß einen weißen Kittel haben", rief Karlchen und versuchte, sich in das Tischtuch einzuwickeln, aber es gelang ihm nicht.

„Mutti hat eine weiße Schürze in der Küche", rief Peter und kam mit der weißen Kittelschürze zurück, die Karlchen nun anzog. Da sie ihm viel zu groß war, wurde sie mehrfach umgeschlagen und mit einem Bindfaden festgebunden.

„Ich will auch 'nen Kittel haben", meinte Peter, „ich bin jetzt Onkel Doktor Eck."

„Nein", verwies ihn Karl, „du bist die Krankenschwester, die im Operationszimmer hin und her laufen muß. Du hältst dann den Kranken fest, wenn er schreit."

„Ich bin Schwester Waltraut mit der Haube."

„Und ich?" fragte Rudi.

„Du bist der Vater von dem Bären. Du stehst dabei und jammerst, wenn wir den Bären operieren."

„Ich muß aber 'ne Haube haben", verlangte Peter und wußte sofort Rat. Eine zweite Serviette wurde aus der Anrichte geholt. Karl band sie dem Bruder kunstgerecht um den Kopf.

„Und nu noch 'ne Schürze!"

Das Lätzchen, das Karl beim Mittagessen trug, wurde Peter vorgebunden, dann war die Tracht der Schwester vollendet.

„Und nu muß an die Tür ein Schild, damit der Rudi den Doktor findet."

Aus Karlchens Heft wurde ein Blatt herausgerissen und mit Blaustift einige Krakelfüße daraufgeschrieben. „So", meinte Peter, „hier steht: ‚Klinik von Doktor Eisenbart!'"

Dann beleckte er die Seite und versuchte sie an die Tür zu kleben, aber das Blatt fiel immer wieder zu Boden.

„Ich habe einen Reißnagel in der Hosentasche", rief Karl, und sogleich brachte er aus seiner Tasche seine Vorräte hervor: Zigarettenschachteln, Bindfaden, Streichholzschachteln, einige krumme Nägel, ein Stück Keks, ein Bonbon und endlich den Reißnagel. Damit wurde das Blatt an der Tür befestigt.

„Eine Brille müßte ich auch haben, wie Onkel Doktor Eck." Aber eine Brille war nicht zu finden.

„Nu los, Rudi, du kannst jetzt kommen", rief Peter dem jüngeren Bruder zu, der erwartungsvoll mit seinem Schaukelpferd und dem Teddy in der Zimmerecke stand.

„Quatsch!" schrie Karl, „ich habe doch noch nichts zum Schneiden!"

„Und 'ne Spritze haben wir auch noch nicht!"

„Ich muß erst so was holen."

Karlchen lief eiligst davon und eilte zu Emilie in die Küche. „Gibst du mir ein Messer und eine Schere?"

„Ich denke nicht daran! Messer, Gabel, Schere, Licht sind für kleine Kinder nicht!"

„Emilie, ich bin doch der Doktor Eisenbart."

„Na, wenn du der Doktor Eisenbart bist, will ich dir eine Schere geben. Der wird sich auch mit einer alten Brennschere helfen können."

Karl betrachtete die Brennschere von allen Seiten. Damit konnte er freilich nicht schneiden. — Nun, vielleicht konnte er etwas erwischen, das sich besser eignete. In Mutters Nähkasten lag gewiß eine Schere; aber seit sie einmal mit Mutters Nähzeug gespielt hatten, war es den Kindern streng verboten worden, jemals wieder den Nähkorb anzurühren. Damals hatte Pucki über eine Stunde lang die Näh- und Strickfäden entwirren müssen, die die Kinder an allen möglichen Gegenständen befestigt und kreuz und quer durch das Zimmer gezogen hatten.

Karlchen hielt in der Küche Ausschau, ob er nicht ein brauchbares Instrument finden könnte. So ein blankes Messer, wie man es beim Mittagessen gebrauchte, wäre freilich nach seinem Sinn gewesen. Aber Emilie saß gerade vor der Schublade, in der die Messer lagen, und putzte Gemüse.

Karlchen suchte mit den Augen weiter. Da sah er auf einem Nebentisch den Korkenzieher liegen und daneben noch ein anderes Ding. Mit diesem spitzen Instrument hatte die Mutti einmal eine Büchse mit Spargel aufgemacht und das Blech zerschnitten. — Das war ein feines Instrument, das schnitt sogar Blech. Damit konnte er alles operieren, Arme und Beine, was er wollte.

Er blickte noch ein Weilchen zu Emilie hinüber, aber sie sah nicht auf, sondern arbeitete fleißig weiter. Da ergriff er rasch den Büchsenöffner und den Korkenzieh und ging befriedigt mit seinen Instrumenten davon. Peter schwenkte ihm beim Eintreten ins Kinderzimmer die Blumenspritze entgegen, die auf dem Fensterbrett im Wohnzimmer gelegen hatte und zum Bespritzen der Blumen verwendet wurde. Wie oft hatte Peter zugesehen, wenn die Mutti damit hantierte. Oh, er wußte, daß man die Spritze in ein Gefäß mit Wasser tauchen und dabei den Griff herausziehen mußte. Wenn man ihn dann zurückstieß, kam das Wasser in einem dünnen Strahl heraus.

„Ich hab' was", rief Karl und zeigte seine Instrumente.

„Herr Doktor", piepste Peter, „ich glaube, es wartet der erste Patient draußen. Es ist ein Mann mit einem kranken Teddy, den müssen wir operieren."

„Er soll 'reinkommen, meine Sprechstunde hat begonnen. — Schwester, putzen Sie mal rasch das Operationsmesser!"

„Ich hab' jetzt keine Zeit", rief Peter, „ich muß den Kranken holen." Er packte Rudi am Arm und führte ihn zum Operationstisch.

„Wo fehlt es, lieber Mann?"

„Mein Teddy ist krank. Er brummt nicht!"

Der Bär wurde auf den Operationstisch gelegt.

„Strecken Sie die Zunge heraus und sagen Sie: ahhh!" rief Karl, der Doktor.

Peter öffnete sofort den Mund und ließ ein langgezogenes Ahhh hören.

„Quatsch!" rief Doktor Eisenbart und puffte seinen Bruder in die Seite.

„Erst den Puls fühlen", mahnte die Schwester.

„Fühlen Sie den Puls, Schwester."

„Warte mal, ich hole rasch erst Muttis kleine Uhr aus dem Schlafzimmer. Der Doktor hat immer eine Uhr." Und fort war die „Schwester", kam aber sehr bald mit einer kleinen Standuhr wieder zurück. Unterdessen putzte Doktor Eisenbart die Brennschere an seiner Schürze ab.

„Warten Sie, lieber Mann, gleich geht es los!"

Peter nahm die Pfote des Teddybären, um den Puls zu fühlen, rückte die Uhr auf den Operationstisch und starrte auf das Zifferblatt. So hatte es der Vati oft bei ihm gemacht. Er hatte genau aufgepaßt.

„Etwas unregelmäßig!" sagte er. „Herr Doktor, wir müssen operieren, er hat es am Blinddarm!"

Peter legte seine Hand auf den Kopf des Bären. „Fieber hat er auch."

„Wieviel Fieber hat er?"

Peter wußte darauf nichts zu sagen. Doktor Eisenbart befühlte ebenfalls den Kopf des Stofftieres und sagte mit tiefer Stimme: „Hundert!"

„Der Teddy brummt nicht mehr!" rief Rudi.

„Du mußt jetzt weinen und jammern", befahl Doktor

Eisenbart dem jüngsten Bruder. Als das nicht geschah, stieß Peter ihm unsanft in die Seite.

„Das tut mir weh!“ schrie er.

„Beruhigen Sie sich, lieber Mann, wir beeilen uns mit der Operation. Morgen kann der Teddy wieder laufen und brummen. Wir geben ihm inzwischen Baldrian. Machen Sie mal den Mund auf.“

Aber Rudi wollte nicht. Er griff vielmehr nach dem Bären. Doktor Eisenbart hielt ihn aber fest. „So, jetzt geht es los!“

Karlchen klapperte ein Weilchen mit der Brennschere, dann zwickte er in die oberen Gliedmaßen des Teddys kräftig hinein. „Tut es weh?“ fragte er.

„Ja“, piepste Rudi.

„Es ist gleich vorbei!“ tröstete Karl. Da er aber mit der Brennschere nicht durch den festen Stoff stoßen konnte, griff er zum Büchsenöffner, setzte ihn auf den Bauch des Bären und versuchte, den Öffner mit aller Kraft durch das braune Fell zu stoßen.

„Nicht kaputt machen!“ rief Rudi. Wieder wollte er nach dem Bären greifen, aber Peter zog ihn zurück.

„Du bist still!“

„Nicht kaputt machen!“ jammerte er weinerlich aufs neue.

„Schwester, geben Sie dem Mann eine Medizin, damit er ruhig bleibt und die Operation nicht stört.“

„Eine Spritze — dann merkt er die Schmerzen nicht!“

„Ich will meinen Teddy haben!“ schrie Rudi weiter.

Karlchen war vor Anstrengung krebsrot im Gesicht, aber endlich war das Werk gelungen. Der Büchsenöffner hatte das Fell durchstoßen, und voller Interesse wühlten nun die Finger in der hervorquellenden Holzwolle.

„Es ist der Blinddarm!“ sagte er und zog die Holzwolle aus dem Bären heraus. Von Zeit zu Zeit wischte er sich die Hände an der Schürze ab. Inzwischen balgte sich die „Schwester" mit Rudi herum.

„Teddybär nicht kaputt machen!" rief er immer wieder.

„Halt den Mund! — Der Bär soll doch wieder brummen, und das wird nu gemacht!"

„Brummt er dann?"

„Ja!" versicherte Karl.

Aber Rudi war trotzdem mißtrauisch. Er betrachtete die Holzwolle, die Karl aus dem Leibe des Bären herausholte. Auch der kleine Blasebalg, der das Brummen hervorrief, wurde herausgeholt und untersucht. Er gab keinen Ton von sich, weil er auf der einen Seite ein Loch hatte.

„Herr Doktor", sagte die falsche Schwester, als Rudi jetzt laut aufschrie, „hier ist noch ein Patient."

„Wo tut es denn weh?" fragte Doktor Eisenbart.

Als Rudi den aufgeschnittenen Bären sah, begann er noch lauter zu schreien. Karl fuchtelte ihm mit dem Korkenzieher vor der Nase herum, und da bekam er große Angst, daß ihm ein gleiches Schicksal wie seinem Bären blühen könnte.

„Ich kann brummen", rief er ängstlich, „ich brauch' nich kaputt zu gehen!"

„Du bist still!"

„'ne Spritze, Herr Doktor — 'ne Spritze!" schrie Peter. Schon tauchte er die Blumenspritze in die Wasserkanne, und während Karl versuchte, den kleineren Bruder am Tisch festzuhalten, schlich Peter leise heran. Gerade, als Rudi den Mund weit aufmachte, bekam er zischend die Wasserladung ins Gesicht.

Gellend schrie er auf! Karl versuchte, dem Bruder den Mund zuzuhalten, da hörte er hinter sich ein lautes Klirren. Die Uhr war auf den Boden gefallen. Es knackte mehrmals, denn Peter trat unversehens auf die Uhr. Das kümmerte ihn aber wenig, denn er war so versessen auf die Spritze, daß er sie erneut ins Wasser tauchte und mit dem gefüllten Instrument hinter dem laut schreienden Rudi herlief, um ihm noch eine zweite Ladung zu versetzen.

Als Emilie das Geschrei hörte, kam sie angelaufen und sah ein Knäuel von drei Kindern am Boden liegen, die durcheinanderschrien und sich prügelten. Sie hatte alle Mühe, die Knaben zu trennen.

„Was ist denn schon wieder los?" fragte sie erbost.

„Mein Teddy ist kaputt!" schrie Rudi.

Peter rieb sich die schmerzende Stirn, denn aus Versehen hatte ihn Karl mit dem Absatz seines Schuhes getreten. Aus war plötzlich die ganze Herrlichkeit des Doktor Eisenbart! Das Tuch des Operationstisches lag am Boden, Karlchen hatte sich derart darin verwickelt, daß er erneut zu Boden fiel, als er sich aufrichten wollte. Dabei schlug er so unglücklich hin, daß seine Nase zu bluten begann.

„Man darf euch keinen Augenblick allein lassen!" rief Emilie. „Was habt ihr schon wieder angerichtet?"

„Ich bin doch der Doktor Eisenbart", erklärte ihr Karl.

„Komm mit, ich will dir das Blut stillen."

Rudi war naß und weinte leise vor sich hin. Peter dagegen betrachtete schuldbewußt die Blumenspritze, die er rasch unter den Schrank schob, damit sie niemand sehen sollte.

„Weine mal nicht, kleiner Rudi", tröstete er den Bruder, „du warst doch krank. — Nun ist es aber wieder gut. — Warte mal, ich helfe dir!" Und mit großer Sorgfalt trocknete er dem jüngeren Bruder das Gesicht ab.

„Mein Teddy ist aber nu kaputt", weinte Rudi von neuem.

„Laß man, den näht dir die Mutti wieder zusammen

oder der Vati. Dann ist er wieder gesund." Mit diesen Worten drückte Peter dem Bruder das zerschnittene Stoff tier in den Arm. — Da versiegten Rudis Tränen. Das halb ausgenommene Tier erweckte nun erst recht seine Neugierde. Gemeinsam mit Peter wurden noch die letzten Reste der Holzwolle aus dem Innern heraus gezupft Schließlich gelang es den beiden Kindern, dem Teddy auch noch die Beine abzureißen. Rudi ließ es sogar ruhig geschehen, daß Peter den Korkenzieher in den Stoff bohrte, um festzustellen, ob in den Beinen auch noch so ein Blinddarm wäre wie im Bauch.

Die schlechte Stimmung Rudis war verschwunden. „Immer noch Blinddarm, guck her!" Damit holte er auch die Holzwolle aus den Beinen seines Teddy heraus.

Im Kinderzimmer sah es wüst aus. Jetzt entdeckte Peter die zerbrochene Uhr. Er wollte sie auch unter den Schrank schieben, aber das ging nicht. Da trug er sie mit dem zerbrochenen Glas und den verbogenen Zeigern stillschweigend in das Schlafzimmer der Eltern zurück, deckte sein weißes Kopftuch darüber und hoffte so, daß die Mutter sie nicht gleich entdecken würde. Aber ihm war nicht recht wohl dabei zu Mute.

„Emilie", sagte er, als er schüchtern in die Küche trat, in der sich das Hausmädchen noch immer um Karlchen bemühte, „sei doch lieb zu uns. Sage uns die Medizin, daß man keine Schmerzen hat."

„Was willst du damit?" fuhr Emilie den Knaben verärgert an.

Peter zeigte auf seinen verlängerten Rücken. „Nur hier einreiben. — Bitte, bitte, sei lieb mit uns."

„Geh lieber zurück ins Zimmer und räume auf."

Das leuchtete Peter ein. Vielleicht entging er auf diese Weise der Strafe. Das Tischtuch, das noch immer zerknüllt auf dem Boden lag, wurde mit Gewalt in die Anrichte gestopft, ebenso die Servietten. Die Schublade wollte zwar nicht zugehen, aber das machte nichts. Dann begann er, die herumliegende Holzwolle zusammenzusuchen, und trug sie in seinem Schürzchen hinaus in die Küche.

„Emilie, bitte, stecke sie schnell ins Feuer, dann sieht sie keiner."

„Mutti wird schon merken, was ihr wieder angestellt habt", schalt sie.

„Emilie, könntest du nicht rasch mit uns ein Stückchen spazierengehen?"

„Nein, nein, die Mutti wird gleich kommen."

Und richtig, Karlchen war gerade wieder sauber, als Pucki in Begleitung ihres Mannes die Wohnung betrat. Claus war mitgekommen, um den Nachmittagskaffee zu trinken. Pucki zog die Brauen hoch, als Karl und Peter gar so zärtlich waren und meinten, sie hätten die beste Mutti und den besten Vati auf der ganzen Welt. Dabei klangen ihre Stimmen ein wenig unsicher. Sie wußte, was das zu bedeuten hatte.

„Was ist denn wieder los gewesen?“ fragte der Vater ahnungsvoll.

„Vati, wir haben sooo schön gespielt!“

„Mutti“, jauchzte Rudi und hielt ihr den Kopf des Teddys und das ausgenommene Fell entgegen. „Teddy war krank. — Mutti, nu mache ihn wieder gesund!“

„Was ist denn das?“ fragte die Mutter streng.

„Mutti, soll ich dir von dem Autounglück erzählen?“

„Mutti, willst du ein Bonbon haben?“ So riefen die Kinder durcheinander.

„Ich will wissen, wer den Teddybär entzweigemacht hat!“

„Er war krank“, sagte Karl schüchtern.

„Mutti, laß doch den dummen Bären“, sagte Peter zärtlich, „so ein Bär ist doch nichts!“

„Also du warst der Unart?“ fragte Pucki.

„Nein, Mutti!“

„Peter!“ rief der Vater, und seine Stimme klang streng und böse.

Der kleine Mann fuhr zusammen. Wenn ihn der Vater so streng anrief, gab es kein Ausweichen. Sonst nannte er ihn meist Peterli oder Peterchen. Heute sagte der Vater Peter zu ihm. Das war schlimm!

„Vater —“ gab er mutig zurück, „wir haben doch Doktor Eisenbart gespielt. Der Teddy hatte einen Blinddarm. — Es war nötig, daß wir ihm den Blinddarm herausgenommen haben.“

„Nun, dann erzählt mal, wie das vor sich gegangen ist.“

Da kam die ganze Geschichte heraus. Es nützte nichts,

daß die Uhr im Schlafzimmer der Eltern verdeckt war. Auch die Blumenspritze mußte unter dem Schrank hervorgeholt werden. Ein wenig ängstlich blickten die Kinder auf den Vater, der recht strenge aussah.

Das Strafgericht kam auch sofort. Da Emilie die erbetene Medizin nicht verabfolgt hatte, stellten die beiden älteren Knaben fest, daß es anscheinend kein schmerzlinderndes Mittel gäbe.

„Die Spritze hilft doch nicht", weinte Peterli, als er sich den verlängerten Rücken rieb.

VERLEGENHEITEN ALLER ART

Pucki hatte Mühe, ihre Kinder zu beruhigen. Seit einer halben Stunde bestürmten sie die Mutter, nun endlich mit ihnen loszugehen. Der Großvater wollte nicht länger mit dem Kaffeetrinken warten. Weil er heute Geburtstag hatte, wollten sie zur rechten Zeit im Forsthause sein.

„Ich bin noch nicht fertig, ihr müßt noch warten, Kinder!"

„Wir müssen immer fertig sein, wenn es losgehen soll", meinte Karl. „Mutti, mach doch schnell! Der Großpapa mag nicht gern warten. Der Großpapa ist ein alter Mann!"

Pucki fuhr herum. Ihr Vater ein alter Mann? Er ging heute noch mit schnellen Schritten, ungebeugt, durch seinen geliebten Wald und erfüllte seine Pflicht als Förster bis ins kleinste. Er hatte mit seinen sechzig Jahren noch nichts an Spannkraft eingebüßt. Er konnte noch die weitesten Märsche machen und hatte kaum ein graues Haar.

„Ein alter Mann? Wer hat denn das gesagt?"

„Großvater Wallner! Wenn man ein Großpapa ist, ist man ein alter Mann, sagt er. Und der Mann mit dem Hund in der Klinik ist auch ein alter Mann. — Mutti, weißt du das nicht? Ein Großvater ist immer ein alter Mann!"

„Das laßt euren Großpapa nicht hören. — So, nun bin ich gleich fertig, dann können wir gehen. — Habt ihr auch eure Geschenke?"

„Ja, die haben wir! — Mutti, gibt es wieder den schönen Rosinenkuchen?" fragte Peter.

„Daß du heute sehr artig bist, Peter! Denke an das letztemal!"

„Ich weiß schon, Mutti", sagte er ein wenig kleinlaut. „Heute sind wir furchtbar artig und machen dem Großpapa nur Freude."

„Das ist recht!"

Claus konnte nicht mit hinaus nach dem Forsthaus gehen, denn er hatte zuviel zu tun. Aber Waltraut wollte gegen Abend ebenfalls hinauskommen, um mit den anderen den Geburtstag des Vaters zu feiern. So wanderte Pucki mit ihren drei Kindern schon am frühen Nachmittag durch den frischen grünen Wald. Aber die drei Jungen hatten sich offenbar sehr viel zu erzählen. Sie waren beständig außer Hörweite, blieben von Zeit zu Zeit stehen, schrien sich an und beschrieben mit den Armen Kreise in der Luft. Karl machte Bewegungen, als wollte er die Welt zusammenschlagen. Schließlich ertönte ein lautes Lachen. Wenn aber die Mutter hinzukam und fragte, was sie für eine merkwürdige Unterhaltung führten, blitzten sechs Schelmenaugen sie an. Peter legte den Finger auf den Mund und flüsterte:

„Mutti, das sagen wir nicht!"

„Was trägst du eigentlich in der großen Tasche, Peterli?"

„Eine Überraschung für den Großvater."

„Willst du mir nicht sagen, was das ist?"

„Nein, Mutti, nein!"

Dann liefen die Knaben wieder davon, und aufs neue setzte die merkwürdige Unterhaltung mit den Armbewegungen ein. Pucki ließ die Kinder ruhig gewähren. Sie genoß die herrliche Waldesruhe und freute sich an den zierlichen Sprüngen der Eichkätzchen, die von Ast zu Ast sprangen und neugierig nach den Menschen unten auslugten. Mehrfach machte Pucki die Knaben auf die munteren Tierchen aufmerksam, fand aber heute keine Gegenliebe bei ihnen. Die Knaben hatten anscheinend Wichtiges zu beraten.

Das Forsthaus Birkenhain kam bald in Sicht. Mit Geschrei liefen die Kinder voraus und stürmten darauf zu. Agnes hatte die Kommenden längst bemerkt und stand an der Gartentür.

„Gib mir fix den Quirl!" Das waren die ersten Worte, die Peter der Tante zurief.

„Komm mit und hole die große Kanne aus dem Stall!" sagte Karl.

„Das ist ja eine nette Begrüßung", meinte die Tante erstaunt.

„Tante Agnes, mach schnell, denn es soll gleich losgehen!"

„Ich warte auf die Mutti."

„Tante Agnes, du bist doch sonst immer so gut! Bitte, sei heute auch gut und komm mit, sonst ist aller Spaß vorbei!"

In diesem Augenblick trat ein großer, schlanker Mann aus der Tür des Forsthauses. Im nächsten Augenblick war er von den Knaben umringt.

„Onkel Walter! — Fein, daß du heute auch zum Geburtstag hier bist. Willst du auch Rosinenkuchen essen?"

Walter Niepel hob die Knaben nacheinander in die Höhe und schwenkte sie durch die Luft. Mit ihm ließ sich immer Spaß machen. Er war stets guter Laune und wußte so schön zu erzählen. Von der Mutti wußten die Kinder, daß Onkel Niepel mit ihr und seinen beiden Brüdern zusammen zur Schule gegangen war. Das Niepelsche Gut lag etwa eine halbe Stunde vom Forsthaus Birkenhain entfernt. Die Mutti war als Kind sehr oft dort gewesen und hatte mit den drei Brüdern Paul, Walter und Fritz gespielt. Nun war Walter auf dem Gute der Eltern als Inspektor tätig. Er war ein tüchtiger Landwirt und kam jedesmal, wenn er in Rahnsburg weilte, ins Doktorhaus.

„Komm schnell, Onkel Walter, gib uns die große Kanne aus der Kammer."

„Ich will erst eure Mutter begrüßen."

„Nein, nein, es muß gleich losgehen, Onkel Walter!"

„Was muß losgehen?"

„Der Großpapa hat heute Geburtstag, und wir machen ihm eine feine Musik. Sieh mal her, Onkel Walter, der Peter hat seine Trommel mitgebracht."

„Und den großen Bumser," schrie Peter und wickelte den großen Fleischklopfer und seine Trommel aus.

„Und nu noch die Kanne. Eine Trompete habe ich auch. — Weißt du, in einem Buch hat gestanden, wie Kinder auch einmal so eine Musik gemacht haben. Alles haben sie dabei zerschlagen, die Jungens und das Mädchen."

Peter machte eine weit ausholende Bewegung mit dem Fleischklopfer. „Bums und noch mal bums — immer auf die Milchkanne!"

Walter Niepel, der junge Landwirt, lachte laut auf. „Wie die Alten sungen, so zwitschern auch die Jungen!" sagte er.

„Komm schnell!" bestürmten ihn die Kinder aufs neue.

„Also eine Milchkanne soll es wieder sein, wie damals bei uns! Aber die Milchkanne dürft ihr nicht zerschlagen. Hinten sind genug alte Eimer, die tun es auch."

„Wir wollen eine feine Musik machen!"

„Wird sie ebenso fein wie unsere, die wir einmal als

Knaben in der Oberförsterei machten? Eure Mutter war dabei. Sie wollte durchaus, daß der taube Holzhacker eine Freude hätte."

„Onkel Walter, da war mal ein kleines Mädchen, das steht in einem Buch, und dazu drei Jungen, die haben bei der Musik alles kaputt gemacht. Und hinterher haben sie doch noch Waffeln bekommen, und allen, die zugehört haben, hat es mächtigen Spaß gemacht."

„Da hat euch die Mutti wohl erzählt, wie wir es als Kinder getrieben haben! Wollt ihr auch solche Musik machen, wie wir damals?"

„Wer?" fragte Karl gespannt aufhorchend.

„Nun, eure Mutti. Wir drei Niepelschen Jungen waren natürlich auch dabei. Dann ging es mit dem Leiterwagen zur Oberförsterei, und dort wurde alles zerschlagen."

„Die Mutti war dabei?"

„Freilich!"

„Die Mutti war dabei?" fragte Karl noch einmal. „War die Mutti denn das kleine Mädchen? — Ach nein, das war die Mutti nicht, das war ein schlimmes Mädchen in dem Buch."

„Na, allerlei lustige Streiche hat die Mutti mit uns gemacht, aber sie war immer ein sehr liebes Mädchen."

„Onkel Walter, was hat sie denn gemacht?"

„Laßt euch das nur von ihr selber erzählen. Wir haben sogar miteinander geboxt. Das ist ihr aber sehr schlecht bekommen. Sie hat lange im Bett liegen müssen."

„Und auf dem Sportfest hat sie auch mitgemacht — mit einem Hund?"

„Freilich, auf eine hohe Stange ist sie sogar geklettert —"

„Hat sie auch — hat sie auch —? — Onkel Walter, du bist ein Schwindler!"

„Höre mal, mein lieber Junge, betrage dich manierlich! Das sagt man nicht."

„Du bist doch ein Schwindler", wiederholte er. „Das kleine Mädchen hat einer armen Waschfrau Geld genommen. Meine Mutti nimmt aber keinem was weg. — Das war nicht meine Mutti, das war ein anderes Mädchen in dem Buch."

„Aus deinem Gerede werde ich nicht klug, Karl. Aber nun kommt, wir wollen einen Eimer holen, damit die Musik beginnen kann."

Während Peter und Rudi dem Onkel folgten, blieb Karl zurück. Er sah die Mutti im Gespräch mit Tante Agnes. Forschend blickte er zu ihr hinüber. Es konnte nicht wahr sein, was Onkel Niepel eben gesagt hatte. Die Mutti machte keine schlimmen Streiche, sie war immer lieb und artig, und alle Menschen hatten sie gern. Karl hörte, daß man ihn rief, aber er mußte erst eine Frage, die ihm auf der Seele brannte, an die Mutter richten.

Pucki bemerkte bald, daß Karlchen sie gar so verlangend anschaute. „Nun, Karlchen, was möchtest du haben?"

„Mutti, warst du auf einem Sportfest mit einem Hund? Hast du dich mit kleinen Jungen geboxt?"

„Freilich hat das die Mutti getan", rief Tante Agnes dazwischen.

„Mutti" — Karlchens Stimme schwankte bedenklich, „warst du ein kleines Mädchen, dem die Blumenuhr zugerufen hat: ‚Tu's nicht, tu's nicht'?"

In diesem Augenblick erkannte Pucki, was in ihrem Kinde vorging. Bis jetzt wußte Karlchen noch nicht, daß das kleine Mädchen in dem Buche seine Mutter war. Wenn den Kindern auch die übermütigen Streiche des kleinen Mädchens viel Spaß gemacht hatten, sie fanden doch mit sicherem Gefühl heraus, was Übermut und was Unrecht gewesen war. Und daß Pucki damals aus dem heißen Verlangen heraus, das Elternhaus wiederzusehen, sich verleiten ließ, gefundenes Geld für kurze Zeit zu behalten, schien dem Kinde ein schweres Unrecht. Dieses Wissen bedrückte ihn. Er konnte nicht glauben, daß seine Mutti dazu fähig gewesen war.

Wäre Claus jetzt bei ihr, er würde das richtige Wort finden, um den Knaben zu beruhigen. Aber neben ihr stand die lachende Schwester, die ahnungslos sagte:

„Deine Mutti hat als Kind manch lustigen Streich gemacht, Karlchen. Der Vati hat das alles aufgeschrieben. Das ist ein sehr lustiges Buch geworden. Nicht wahr, Pucki?"

Karl sah in Gedanken das Buch vor sich, aus dem Fräulein Melchert ihnen vorgelesen hatte. Ehe die Mutter eine Antwort geben konnte, eilte er davon. Er wußte selbst nicht, was ihn in diesem Augenblick dazu trieb, sich sogar vor der Mutter zu verstecken. Niemand sollte ihn jetzt sehen. Er mochte auch an der Musik nicht teilnehmen, die man dem Großvater bringen wollte.

Pucki blickte sinnend vor sich nieder.

„Was hast du?" fragte die Schwester.

„Als Kind habe ich manch unbedachten Streich ausgeführt, liebe Agnes, aber heute bin ich vielleicht am bittersten dafür gestraft worden."

„Ja, was ist denn eigentlich los, Pucki?"

„Ich will rasch nach Karl sehen", sagte sie, aber als Pucki fortgehen wollte, kamen Förster Sandler und seine Frau hinzu. Da begrüßte Pucki die Eltern und brachte ihre Glückwünsche an. Dann wurde sie von den Eltern nach der großen Veranda geleitet.

Kaum saßen sie am Kaffeetisch, als plötzlich ein Höllenlärm losging. Wenn auch Karlchen dabei fehlte, so sorgten die beiden anderen Brüder, unterstützt von Onkel Walter, dafür, daß das Ständchen für den Großvater laut und kräftig ausfiel.

„Genau wie damals!" lachte Frau Sandler. „Weißt du noch, Pucki? Eine Milchkanne mußte damals daran glauben."

So gingen die Gedanken in die Vergangenheit zurück. Vieles aus Puckis Jugend wurde noch erzählt, aber die junge Mutter nahm wenig teil daran. Ihre Augen suchten Karlchen, der nicht bei der Musikkapelle war. Sie erhob sich, durchschritt den Garten und fand ihren Ältesten in der Laube. Er saß allein für sich nachdenklich auf der Bank.

„Karlchen, mein lieber Junge!" sagte Pucki.

Er blickte die Mutter unsicher an und fragte endlich schüchtern: „Mutti, sag doch, warst du das schlimme Mädchen, von dem in dem Buch steht? Hast du die schwarzen Bohnen ins Himmelskästchen getan? Hast du in der Konditorei mit Schokoladengeld bezahlt?"

Pucki zögerte einige Augenblicke, dann hielt sie es für richtig, ehrlich und offen zu sein. Sie hob den Knaben auf ihren Schoß, legte die Arme um ihn und sagte weich und zärtlich:

„Ja, Karlchen, das ungezogene Mädchen bin ich gewesen."

„So, wie es in dem Buch steht?" Ein ängstlicher Ausdruck trat in die Augen des Knaben.

„Ja, Karlchen, alle die dummen Streiche, die ich als Kind gemacht habe, sind in jenem Buch aufgeführt, die lustigen und auch die schlimmen. Deine Mutti war einmal ein sehr wildes Mädchen, das den Namen Pucki mit Recht trug. Sie hat den Eltern viel Kummer bereitet und in der Schule nicht lernen wollen. Auch das steht in dem Buche aufgeschrieben."

„Ja — das steht in dem Buch — —"

„Die Mutti wollte lange nicht einsehen, daß Kinder

fleißig sein müssen und daß Kinder, die ihre Schulaufgaben nicht machen, leicht auf dumme Gedanken kommen, wie jene kleine Hedi in dem Buch, die mit nichts zufrieden war."

„Und hast du der Waschfrau das Geld genommen?"

„Karlchen, in dem Buch steht alles ganz kurz. Nun will ich dir die Geschichte von der Waschfrau so erzählen, wie sie wirklich gewesen ist. Ich habe damals viel Herzeleid darum gehabt, denn ich wußte, was ich für ein großes Unrecht getan hatte. Mein Gewissen ließ mir keine Ruhe mehr, ich konnte nicht essen und nicht schlafen. Da brachte ich das Geld zu Tante Grete."

„Du konntest nicht essen und nicht schlafen?"

Pucki erzählte dem gespannt zuhörenden Knaben, wie ihr Kinderherz damals angstvoll geschlagen, wieviel Unruhe ihr jenes Unrecht bereitet hatte, und daß sie erst wieder froh geworden war, als sie alles eingestanden hatte. Und weiter erzählte sie von ihren vielen Streichen und von den Versuchungen, denen jeder Mensch ausgesetzt ist.

„Schau, Karlchen, solche Versuchungen treten an jeden Menschen heran, auch schon an Kinder. Wer unterliegt, wird mitunter ein schlechter Mensch, wer aber den Mut hat, der Versuchung zu widerstehen, um den ist es gut bestellt. Einem Kinde sind deswegen die Eltern die beste Stütze, damit sie sich Rat und Hilfe bei ihnen holen. Karlchen, auch zu dir wird öfters die Versuchung kommen; dann sollst du zum Vati oder zur Mutti laufen und ihnen alles sagen. Dann brauchst du nicht so viel Herzeleid durchzumachen wie deine Mutti."

Ein Weilchen betrachtete Karlchen seine Mutti forschend. Plötzlich schlang er die Arme um ihren Hals. „Du hast das Geld nicht behalten? Und wenn deine Mutti gleich dagewesen wäre, hättest du es ihr auch gesagt?"

„Ja, Karlchen, das hätte ich getan. Ich hätte es aber auch Tante Grete sagen müssen."

„Eine Tante ist aber doch was anderes als eine Mutti!"

„Die Versuchung ist noch manchmal an mich herangetreten, Karlchen, und ich habe nicht immer so gehandelt, wie ich es hätte tun müssen. Ich will dir später noch manche Geschichte aus meinem Leben erzählen, dann wirst du erkennen, daß es lange dauert, bis man sich durchringt. Willst du nun deiner Mutter glauben, daß sie — —"

„Mutti, liebe, liebe Mutti, ich komme immer zu dir, wenn die Versuchung zu mir will. Dann sagst du mir, was ich machen soll, denn sonst schreiben sie auch einmal so ein Buch von mir."

Pucki fühlte sich erleichtert. Sie spürte die alte Zärtlichkeit in der Umarmung ihres Kindes, sie hatte ein aufkeimendes Mißtrauen in dem Kinde zum Schweigen gebracht.

„Höre, Karlchen, die Musikanten fangen wieder an, Lärm zu machen. Willst du nicht auch dabei sein?"

„Mutti, darf ich — oder ist das auch ein schlimmer Streich?"

„Nein, Karlchen, das ist ein lustiger Spaß, nur braucht ihr die Milchkanne nicht zu zerschlagen. Etwas weniger Lärm genügt auch."

„Mutti, dann renne ich ganz schnell hin!" Vergessen war das kindliche Herzeleid. Karl entriß Rudi die beiden Blechdeckel, Onkel Walter gab Rudi dafür den Paukenschläger und einen Blecheimer, und der Lärm begann von neuem. Karlchen hielt es sogar für richtig, noch einen Gesang dazu anzustimmen, weil ihm die Kapelle nicht laut genug war.

Endlich gebot der Großvater Ruhe. „Der Kaffee ist fertig! Ihr habt euch den Kuchen verdient. Für jeden gibt es außerdem noch zehn Pfennige."

Als jeder Junge das Geld in der Hand hatte, bedankte sich Karl bei dem Großvater noch ganz besonders. „Du bist ein guter, lieber Großpapa," sagte er.

„Wirklich?" lachte der.

Die Kinder sprachen am Kaffeetisch dem Kuchen kräftig zu. Waffeln standen auch auf dem Tisch, und Frau Sandler reichte den Teller mit hellem Lachen ihrer Tochter Pucki. „Du hast sie ja immer gern gegessen."

„Du hast sogar mal einige vom Teller gemaust", ergänzte Walter.

Später waren die Knaben mit den Großeltern, der Mutter, Agnes und Walter im Garten.

„Wann will Waltraut denn kommen?" fragte Agnes.

„Sie muß erst bei ihrem Manne bleiben", meinte Peter, „der ist krank."

„Sie hat doch keinen", verbesserte Walter.

„Warum hat sie keinen Mann?" fragte Rudi.

„Weil sie nicht verheiratet ist."

„Warum ist sie nicht verheiratet, Onkel Walter?"

„Ich bin auch nicht verheiratet und Tante Agnes auch nicht."

„Warum bist du nicht verheiratet?" fragte Rudi unermüdlich weiter.

„Weil ich noch keine Frau gefunden habe."

„Wo findet man eine Frau?" mischte sich Peter in das Gespräch.

„Überall!"

„Warum hast du sie dann noch nicht gefunden? — Tante Agnes, warum findest du keinen Mann?"

„Es wird schon mal einer kommen."

„Wann kommt er?"

„Das weiß ich nicht."

„Wenn eine Frau keinen Mann hat und ein Mann keine Frau hat — können doch die beiden Mann und Frau sein.

— Onkel Walter, laß doch die Tante Agnes deine Frau sein!“

Agnes wurde rot und gab Peter einen Klaps auf den Mund. Der machte ein erstauntes Gesicht und wandte sich wieder an den lachenden Walter Niepel.

„Ist Tante Agnes nun deine Frau?“

„Wir müssen erst mal sehen, ob wir zueinander passen.“

„Höre endlich mit dem dummen Geschwätz auf“, rief Agnes und steckte Peter einen Bonbon in den Mund. Frau Sandler schlug den Kindern vor, in den Garten zu gehen und dort zu spielen. So war die Unterhaltung, die Agnes peinlich zu werden begann, schnell abgebrochen.

Förster Sandler rief nach seinen beiden Hunden. Er wußte, das waren die besten Spielgefährten für die Knaben, dann konnten die Erwachsenen ungestört reden, ohne auf die vielen kindlichen Fragen antworten zu müssen.

Immer wenn man im Forsthaus zusammenkam, wurde viel von der Vergangenheit gesprochen. So auch heute wieder. Walter erzählte von seinem Bruder Paul, der seit mehreren Jahren in Australien auf einer Viehfarm tätig war und als tüchtiger Landwirt gut vorwärts kam.

„Er hat den Eltern viele Sorgen gemacht. Paul war früher ein eigenwilliges Kind. Weißt du es noch, Pucki?“

„Wie könnte ich die Jugendzeit jemals vergessen, Walter! Hast du auch von Fritz gute Nachrichten erhalten?“

„O ja, Fritz ist in seinem Beruf sehr zufrieden, er wartet nun auf eine Oberförsterei. Vorläufig ist er noch Forstassessor.“

„Von Dora, deiner Schwester, habe ich lange nichts gehört“, fragte Pucki weiter. „Sie schrieb sonst so fleißig.“

„Es geht ihr gut. Ihr Mann ist ein tüchtiger Landwirt, und es geht ihnen gut. Dora ist eine umsichtige Gutsfrau und eine gute Mutter geworden. Schade, daß sie so weit weg von uns wohnen. Da ist ein Wiedersehen nur selten möglich."

„Und wie geht es den Eltern, Walter? Sie waren zu Weihnachten zuletzt bei mir."

„Alles ist gesund, Pucki. Und bei euch geht es auch gut? Die Klinik deines Mannes hat einen guten Ruf."

„Ach ja, wir können sehr zufrieden sein." — —

Es war kurz vor dem Abendessen, als Peter, der mit den Brüdern Versteck spielte, im Garten umherschlich, um sich ein Versteck zu suchen. Da hörte er ein leises Flüstern. Sofort blieb er stehen. Wer war in der Laube?

„Wollen wir es miteinander versuchen? Ich denke, es müßte gehen", sagte eine Stimme zärtlich.

„Nun, wenn du meinst", klang es fröhlich zurück.

„Aber natürlich geht es!"

Peter bog die Zweige auseinander, und da sah er, wie Onkel Walter Tante Agnes in die Arme nahm und sie herzlich küßte. Da lief er rasch davon, hin zur Mutti. Vergessen war das Spiel.

„Mutti — Mutti! — —Wenn der Vater dir einen Kuß gibt, bist du doch seine Frau, nicht? — Jetzt ist die Tante Agnes auch die Frau von Onkel Walter."

„Junge, was redest du da wieder für dummes Zeug!"

„Mutti, du hast gestern erst gesagt, ein Mann darf seiner Frau einen Kuß geben. — Onkel Walter hat doch seiner Frau eben auch einen Kuß gegeben. — Komm schnell, ich zeige es dir!"

Förster Sandler und seine Frau lachten. „Junge, mach, daß du fortkommst!"

„Ich hab' auch keine Zeit mehr, ich muß schnell noch mal zur Laube laufen. — Mutti, weißt du, was Onkel Walter gesagt hat?"

„Peterli, ich will gar nichts wissen! Laß mich in Ruhe!"

Schnell lief Peter davon. Leider kam er zu spät, denn

die Laube war jetzt leer. Arm in Arm kamen ihm Agnes und Walter entgegen.

Am Abend kamen Claus und Waltraut, und in einer fröhlichen Runde wurde die Verlobung von Puckis jüngster Schwester gefeiert. Als die Knaben schon längst im Bett lagen, erzählte Peter den Brüdern immer wieder, wie er die beiden in der Laube belauscht hatte. Er hatte die Worte genau behalten, die sie miteinander gesprochen hatten.

„‚Wollen wir es miteinander versuchen?' hat er gesagt und sie sagte: ‚Es wird schon gehen.' Dann geben sie sich einen Kuß und sind Mann und Frau."

Die Worte Peters machten natürlich starken Eindruck auf die beiden Brüder.

Nach zwei Tagen sahen die Kinder zufällig, wie Waltraut im Garten der Klinik einen Krankenstuhl schob, in dem ein junger, blasser Mann saß. Es war Förster Emdering, der sich bei einem Sturz einen doppelten Beinbruch zugezogen hatte. Nun befand er sich auf dem Wege der Besserung. Unweit des Liegestuhles spielten die Knaben. Plötzlich hörten sie die Stimme Tante Waltrauts:

„Wollen wir es einmal versuchen?“ fragte sie den Kranken.

Karl unterbrach sein Spiel und wandte sich zu seinem Bruder: „Was hat der Onkel Walter zu Tante Agnes gesagt, ehe sie Mann und Frau wurden?“

„Wollen wir es miteinander versuchen? — Es wird schon gehen. Und sie hat dann gesagt: Natürlich wird es gehen.“

„Ich denke, es wird gehen“, sagte eben der Kranke zu Schwester Waltraut, die ihn beim Aufrichten stützte. „Wir wollen es versuchen.“

„Jetzt sind sie Mann und Frau“, flüsterte Peter, „genau so hat der Onkel Walter gesagt. Gleich wird er ihr auch einen Kuß geben.“

Die Knaben warteten, aber sie sahen nur, wie der junge Förster ganz behutsam von seinem Krankenstuhl aufzustehen versuchte.

„Legen Sie Ihren Arm um meinen Hals“, sagte Schwester Waltraut und neigte sich zu dem Kranken nieder.

Die Kinder schlichen noch näher und kauerten erwartungsvoll hinter dem Busch. Peter bog die Zweige auseinander, um besser sehen zu können.

„O ja, es wird schon gehen“, sagte der Kranke, dann stand er wirklich. Mit der einen Hand stützte er sich auf den Stock, der andere Arm lag auf Schwester Waltrauts Schulter.

„Nur mutig einen Versuch machen!“

Da fing Peter laut an zu lachen; er stürmte davon.

„Tante Waltraut, nun hast du auch einen Mann, genau so wie Tante Agnes! — Das ist fein!“

„Seid ihr schon wieder hier?“ sagte Waltraut ruhig. „Was wollt ihr eigentlich?“

„Du hast eben gesagt, du willst es versuchen, es wird schon gehen. Tante Agnes will es auch versuchen, sie ist jetzt eine Frau. Du bist nun auch eine Frau, und das ist dein Mann!“

Waltraut lachte. „Ihr seid ein dummes Volk! Macht, daß ihr fortkommt!“

Unglücklicherweise kam in diesem Augenblick Fräulein Melchert durch den Garten.

„Tante Waltraut hat jetzt auch einen Mann“, rief ihr Peter entgegen. Als Fräulein Melchert mit geöffnetem Munde zu dem Kranken und seiner Pflegerin hinüberschaute, liefen die Kinder fort.

Schwester Waltraut hatte keine Zeit, auf die Knaben weiter zu achten. Es wollte bei ihrem Patienten noch nicht recht vorwärtsgehen. Nach wenigen Schritten mußte sie den jungen Mann wieder zurück zum Krankenstuhl bringen. Inzwischen überbrachten die Kinder ihrer Mutter die Nachricht, daß nun auch Tante Waltraut einen Mann gefunden hätte.

Pucki war darüber sehr verwundert. Sie wußte wohl, daß Förster Emdering in der Klinik lag und von Waltraut gepflegt wurde, aber daß sich zwischen beiden Beziehungen angebahnt hatten, war ihr unbekannt.

Schon in der nächsten halben Stunde wußte es in der Klinik jeder, daß Schwester Waltraut verlobt sei. Dafür hatte Fräulein Melchert gesorgt. Die einzige, die nichts davon ahnte, war Schwester Waltraut selbst. Sie hatte dem Kindergeschwätz gar keine Bedeutung beigemessen und war höchst erstaunt, als ihr Schwester Lotte gratulierte.

Noch in derselben Stunde wurde das Mißverständnis

zwar aufgeklärt, trotzdem war der Vorfall für Waltraut und Förster Emdering peinlich, denn das Getuschel wollte so rasch nicht wieder zum Schweigen kommen.

Die drei Knaben erhielten einen strengen Verweis vom Vater. Er drohte sogar, ihnen den Besuch des Klinikgartens zu verbieten.

„Vati, dann mußt du uns aber die Wiese mit dem Bach und den Fröschen kaufen."

DES NACHBARS WIESE

In den letzten Tagen hatte es mehrfach geregnet. Seit Emilie den Kindern aus Papier Schiffe gefaltet hatte, blickten sie täglich sehnsuchtsvoll hinüber nach der grünen Wiese, durch die der Bach mit den Fröschen lief. So viel Wasser wie jetzt war noch nie darin gewesen. An einer Stelle nahe dem Klinikzaun hatte der reichliche Regen einen Teil der Wiese überschwemmt, so daß sich ein kleiner See gebildet hatte. Dieser See wurde freilich, wie Karl feststellte, an manchen Tagen von der Sonne wieder „weggefressen", nur nach neuem Regenfall war er wieder da.

„Man müßte ihn tiefer machen und ein bißchen von dem Gras wegnehmen", sagte Karl und stieß seine kleine Schaufel, die er bei sich hatte, ungeduldig gegen den Lattenzaun. Wie schön könnte es sein, wenn in dem See die Papierschiffe schwimmen würden, und wenn sie mit Steinen und Sand den Abfluß des Sees verbauen könnten. Das würde einen Spaß geben!

Karlchen kroch oftmals durch den Zaun, begleitet von seinen beiden Brüdern, denen er auseinandersetzte, wie schön ein solcher Teich wäre. Aber es war in der letzten Zeit auch ohne Teich wunderschön auf der Wiese gewesen. Das Gras war geschnitten worden und trocknete nun. Seit einigen Tagen stand es, in größeren Haufen zusammengeharkt, da. Ein herrlicher Spielplatz war das! Wie schön ließ sich hinter den Haufen Versteck spielen. So forderte Karlchen an einem der letzten Schultage im Monat Juni einige Freunde auf, mit ihm auf der Wiese Versteck zu spielen.

Fünf Spielkameraden waren schnell gefunden.

„Dürfen wir das?“ fragte einer noch.

„O ja“, erwiderte Karl, „mein Vati kauft die Wiese doch mal, damit die Kranken sich auf der Wiese ausruhen können. Und wenn mein Vati jetzt noch kein Geld hat, unsere reiche Tante Mary borgt es uns. Der Vati will noch nicht; wenn er aber merkt, wie schön es sich auf der Wiese schläft, kauft er sie bestimmt.“

„Erlaubt es denn der Mann, dem jetzt noch die Wiese gehört, daß wir darauf herumlaufen?“ fragte ein besonders vorsichtiger Knabe.

„Ach, der —“ meinte Karl wegwerfend, „der darf nichts sagen!“

„Ich bin aber mal von einem Manne mit dem Stock fortgejagt worden“, warnte einer der anderen Jungen.

„Wir spielen Schlafen“, entschied Karl. „Jeder Heuhaufen gehört einem, das ist sein Haus, darin wohnt er. Wir buddeln uns tief hinein und müssen furchtbar schnarchen. Dann kommen wir zu Besuch, und dann liegen wir alle in einem Haufen und schnarchen.“

„Au fein!“

Sehnsüchtig wurde ein Sonnentag erwartet, und alle waren sehr froh, als an einem der ersten Ferientage die Sonne schien. Zunächst wurde die Wiese durch den Zaun beobachtet. Der Besitzer Dreffensteg war nirgends zu sehen, obwohl die Knaben am Zaun ein Indianergeheul anstimmten. Dann kroch einer nach dem anderen durch das Loch im Zaun. Voran Karl, dann folgten die Freunde, und Peter und Rudi bildeten den Schluß. Am Bach hielten die Knaben an. Nochmals erklärte Karl seinen Plan, hier einen Teich anzulegen, in dem er die Frösche aus dem Bache schwimmen und auf dem er Schiffe fahren lassen wollte. Die Freunde fanden den Plan herrlich und gaben gute Ratschläge. Einer meinte, man müsse einen Damm aus Steinen und Sand am Bache erbauen. Steine lägen genügend draußen auf der Straße, die gerade neu gepflastert würde. Sie würden schon genügend herantragen und in den Bach werfen.

Heute lockten freilich erst einmal die Heuhaufen, die wahrscheinlich bald verschwinden würden. Das Heu knisterte, wenn man hineinsprang. Zunächst machte es den Knaben Vergnügen, in die Haufen zu springen. Dann schichtete man sie wieder auf, um sich ein Haus daraus zu bauen. Karlchen und sein Freund Erich behaupteten, ihr Haus wäre zu klein, daher schleppten sie von einem anderen Haufen größere Mengen Heu herbei, um sich dann tief hineinwühlen zu können.

Das machte viel Spaß! Von Zeit zu Zeit kam einer der Knaben aus seinem Heuhaufen hervorgekrochen, besuchte einen der Spielkameraden, zerrte ihn an den Füßen aus dem Heuhaufen oder setzte sich oben darauf. So wurde das Spiel von lautem Schreien und Lachen begleitet. Sehr bald war von den vielen Haufen nicht mehr viel zu sehen, denn auseinandergerissen lag das Heu auf der Wiese. Immer neue Haufen wurden ausgesucht, um neue Wohnungen zu bauen, und gerade als Karlchen wieder einen Freund in seinem Heuhaufen besuchen wollte, hörte er eine laute, scheltende Männerstimme.

„Wartet nur, ihr Bengels!“

Karlchen blickte erschrocken auf. Da kam quer über die Wiese der Nachbar Dreffensteg gelaufen. Er schwang einen Knotenstock in der Hand.

„Wen ich jetzt erwische, dem geht es schlecht!"

„Der Bauer kommt!" schrie einer der Knaben laut.

Aus den Heuhaufen schauten mehrere Kinderköpfe heraus. Sie sahen den schimpfenden Mann, der mit raschen Schritten näher kam.

Über und über mit Heu behangen, rannten die Kinder wie gejagt dem Lattenzaune zu. Keiner der Jungen kümmerte sich um den kleinen Rudi, der nicht so rasch folgen konnte und weit zurückblieb. Wohl rief ihm Peter einige Male zu, er solle sich beeilen, aber Rudi sah den Nachbar näher kommen, stolperte, begann laut zu schreien, erhob sich rasch wieder und eilte weiter. Aber schon fiel er wieder zu Boden und wurde von Dreffensteg gefaßt. Alle anderen Knaben waren bereits jenseits des Zaunes und versteckten sich hinter einem dichten Gebüsch. Sie überließen den kleinen Spielgefährten seinem Schicksal.

Rudi sah den Stock in des Bauern Hand. Mit ängstlichen Augen blickte er ihn an und erwartete jeden Augenblick einen Schlag.

„Euch werde ich es anstreichen, ihr Bengels! Was habt ihr auf meiner Wiese zu suchen?"

„Vatis Wiese", weinte Rudi.

„Das ist meine Wiese! — Wie sieht das Heu aus? — Du bist der Kleinste und der Dümmste, dir kann ich keine Prügel geben, aber die anderen bekomme ich schon noch. — So, nun mach, daß du von der Wiese kommst. Wenn du noch einmal das Heu anrührst, gibt es Prügel. Merke dir das!"

„Wir haben doch gespielt — —"

„Spielt in eurem Garten, der ist groß genug. Wenn ihr noch einmal in mein Heu geht, sage ich es eurem Vater, der wird euch dann eine gehörige Tracht Prügel geben."

Rudi bekam nur einen Klaps und lief rasch davon. Er fiel noch mehrmals vor Aufregung zu Boden. Als er an den Zaun kam, kroch er rasch durch die Lücke und verschwand. Die andern Knaben kamen zögernd hinter dem Gebüsch hervor. Karlchen reichte dem weinenden Rudi ein Bonbon, das er aus der Hosentasche zog. Dann schimpften sie laut auf den bösen Nachbarn, der ihnen jede Freude verdarb.

„Wir werden ihn schon ärgern", sagte Erich.

„Ins Heu dürfen wir nicht mehr", meinte ein anderer Junge.

„Wenn das Heu aber weg ist, dürfen wir wieder auf die Wiese."

„Ich sag' es dem Vati, daß er die Wiese kaufen soll. Dann können wir immerfort auf der Wiese spielen."

Aber heute wagte Peter doch nicht, mit dem Vater darüber zu reden, denn er fürchtete, der erzürnte Nachbar könnte ihm von ihrem Spiel berichtet haben. Der lange Hans, ein Schulgefährte Karls, kam am nächsten Tage auf den Gedanken, Steine über den Zaun zu werfen, um die Heuhaufen zu treffen und den Bauern damit zu ärgern. Das fand großen Anklang, und gar bald flogen Steine hinüber auf die Wiese. Wenn einer zufällig ins Wasser fiel, brach ein wahres Freudengeheul unter den Kindern aus

Schwester Lotte hörte den Lärm und hielt Ausschau.

„Was ist denn schon wieder los, Kinder? Ihr sollt keine Steine auf die Wiese werfen."

„Wenn es ein bißchen dunkel ist, können wir uns wieder hinschleichen, dann sieht uns keiner mehr. Wir kommen morgen wieder."

„Wenn es dunkel wird, muß ich schlafen gehen."

„Wir bauen Steine um den Teich. Immer kann der Mann doch nicht aufpassen."

Schon am nächsten Tage vernahmen die Knaben von der Ostseite des Gartens her laute Hammerschläge. Als sie dem Geräusch nachgingen, sahen sie, wie der Bauer

Dreffensteg am Zaun stand und einige neue Latten gegen die Pfosten des Zaunes nagelte. Auch die Latten, die von den Kindern entfernt waren, wurden wieder erneuert.

„Das ist 'ne Gemeinheit", sagte Karl und verfolgte jede Bewegung des Bauern. Herr Dreffensteg schritt am Zaune entlang, prüfte jede Latte und schlug bald hier, bald dort noch einen Nagel ein. Karlchen konnte es nicht unterlassen, dem Nachbar hinter dem schützenden Busch eine lange Nase zu ziehen, während Peter sich veranlaßt fühlte, ihm die Zunge weit herauszustrecken.

„Ich glaube, wir können ganz hinten von dem einen Baum aus über den Zaun kriechen", sagte Karlchen.

„Dann sind wir ganz nahe am Bach", erklärte Peter.

Sofort wurde jener Platz in Augenschein genommen und festgestellt, daß es gar nicht schwer sei, von hier aus über den Zaun auf die Wiese zu gelangen.

„Au, fein", frohlockte Karl, „dort steht gerade ein Busch, da kann er uns nicht sehen. Hinter dem Busch schmeißen wir Steine ins Wasser und machen einen See."

Am Nachmittag versuchte Karl den neu entdeckten Weg. Es glückte ihm, aber Peter konnte nicht ganz so rasch hinüber; Karl mußte ihm dabei helfen. Beim Absprung fiel der jüngere Bruder zwar auf die Nase, aber die Aussicht, ungesehen von hier aus am Bach spielen zu können, war zu verlockend. Jenseits des Zaunes stand Rudi und begann ein furchtbares Geschrei, weil er nicht mit hinüber konnte. Da Karl fürchtete, daß man in der Klinik durch das Geschrei des Bruders aufmerksam werden könnte, überlegte er, wie man den kleinen Rudi auch hinüberbringen könnte.

„Ein Brett müßten wir haben. Dann machen wir es wie die Seiltänzer und gehen 'rüber", schlug Peter vor.

„Im Hof liegt ein Brett", rief Karl.

„Mutti holen", rief Rudi mehrmals, „Mutti soll Rudi 'rüberheben."

Da blieb den Brüdern kein anderer Ausweg, sie mußten das Brett herbeiholen, um auch Rudi hinüber zum Bache zu bringen. Glücklicherweise war niemand im Garten. So schleppten die beiden älteren Knaben aus dem Hof das dicke Brett herbei, um es unter vielen Mühen an den Zaun zu legen. Leider war der Anstieg aber viel zu steil, weil das Brett zu kurz war. Rudi wurde daher vertröstet, aber er ließ sich von seinen Brüdern nicht beruhigen und brüllte wieder los. Da mußten die Brüder neue Pläne ersinnen, um dem Kleinen über den Zaun zu helfen.

Erst als sich noch zwei Freunde einstellten, kam einer auf den rettenden Ausweg. „Wenn wir nicht über den Zaun können, müssen wir unten durch", sagte er. Das hatte er schon einmal zu Hause versucht. Auf diese Weise war er in den Obstgarten des Nachbarn gekommen.

„Ist doch nur weiche Erde", sagte er. „Unten machen wir uns einen Weg wie ein Maulwurf. Paßt mal auf!"

Mit Schippen und Händen wurde nun an der lockeren Stelle im Erdboden ein Durchgang ausgewühlt. Während einer der älteren Knaben über den Baum auf des Nachbarn Wiese kletterte, legte sich Karl auf die Erde. Er mußte die Arme vorstrecken und unter dem Zaun durchstecken. So wurde er an den Händen unter dem Zaun durchgezogen. Auf diese Weise kam auch schließlich der kleine Rudi, wenn auch recht verschmutzt, auf die Wiese hinüber.

„Wir werden diesen Weg noch weiter ausbauen", meinte Erich, „es muß ein unterirdischer Gang werden."

„Wollen wir das jetzt machen?"

„Nein, lieber erst am Bach spielen."

Das Spiel am Bach war wundervoll. Die Knaben zogen Schuhe und Strümpfe aus und gingen im Bach entlang. Wenn sie die Beine herauszogen, von denen der

Schlamm tropfte, war das ein besonderes Vergnügen. Es entstand schließlich ein Wettstreit, wer die schmutzigsten Füße hatte.

Das Abstauen des Baches ging nicht so rasch vonstatten, wie die Kinder gedacht hatten. Der Weg zu den Straßensteinen war weit und unbequem. Auch das Heu erfüllte seinen Zweck nicht, obwohl man mehr und mehr davon in den Bach stopfte. So gingen die Kinder weiter auf Steinsuche. Eine Brücke über den Bach aus Heu war bald geschlagen; es machte riesigen Spaß, darauf herumzuspringen. Immer kühner wurden die Knaben, immer weiter wagten sie sich jenseits des Baches vor, behielten aber argwöhnisch das Haus im Auge, in dem der Bauer Dreffensteg wohnte.

„Mir ist ein bißchen kalt", sagte Peter. „Meine Hosen sind ganz naß."

„Das macht nichts", rief Karlchen, „plansche nur kräftig im Wasser, dann wirst du wieder warm."

Plötzlich ein Aufschrei: „Er kommt, er kommt!"

„Er kommt, er kommt", wiederholten mehrere Stimmen. Da stürmten die Knaben alle eiligst davon. Am Bachrand lagen vergessen ein Paar Schuhe und Strümpfe, die Peter gehörten, aber er konnte sie unmöglich an seine schmutzigen Füße ziehen.

„Er kommt — er kommt!" riefen sie wieder.

Mit raschen Schritten lief der Mann über die Wiese. In wilder Jagd stürmten die Knaben dem Zaune zu. Dort entstand ein Gedränge, denn jeder wollte sich als erster in Sicherheit bringen. Der kleine Rudi war auch diesmal zurückgeblieben. Er konnte nicht über den Bach springen und versuchte, ihn zu durchwaten. Er wußte aber nicht, daß durch das Heu eine leichte Stauung des Wassers eingetreten war. Das kleine Gewässer war dadurch gerade an der Stelle, an der er durch den Bach wollte, erheblich tiefer geworden. Außerdem rutschte er in seiner

Angst aus und stürzte kopfüber ins Wasser. Die Knaben hörten wohl seinen Schrei, aber keiner von ihnen blickte sich um. Sie hatten genug mit sich selber zu tun, um sich in Sicherheit zu bringen.

Dann wurde es still. Im Garten der Klinik sammelten sich die Knaben. Nur Rudi fehlte. Sie schauten zurück zur Wiese und sahen den Nachbarn. Er stand jetzt in der Nähe des Busches und kauerte sich dort gerade nieder.

„Der will uns überlisten", meinte Karl. „Er denkt, wir kommen wieder."

„Jungens — Jungens", hörten sie nach kurzer Zeit das laute Rufen des Bauern, „kommt rasch her! Ruft den Herrn Doktor! Schnell!"

„Na, schön dumm!" flüsterte Karl und schlich mit den anderen Knaben noch weiter in den Garten zurück. Mehr und mehr entfernten sie sich von dem Zaun und saßen schließlich gespannt in der Efeulaube am anderen Ende des Grundstückes.

Noch einmal rief Dreffensteg laut zu ihnen hinüber, aber niemand verstand ihn.

Aus dem aufgestauten Bach hatte der Bauer den kleinen Rudi herausgezogen. Der Schlamm tropfte dem Kinde vom Gesicht und aus dem geöffneten Mund. Bewegungslos lag der Kleine da. Dreffensteg glaubte nicht anders, als daß Rudi im Schlamme des Baches bereits erstickt sei.

„Herr Doktor — Herr Doktor! Schwester Waltraut!" so rief er. Dann nahm er das leblose Kind auf den Arm und trug es an den Zaun. Immer lauter tönte seine Stimme. Wenn er auf dem Umweg über die Straße den Knaben in die Klinik trug, ging viel kostbare Zeit verloren, denn kein Atemzug schien mehr aus der Brust des Kindes zu kommen.

„Herr Doktor! — Zu Hilfe!"

In diesem Augenblick verließ Pucki gerade die Klinik. Was war das für ein Rufen?

„Zu Hilfe — zu Hilfe!"

„Die Knaben?" dachte sie. — „Sie spielten im Garten. — Was ist geschehen?"

„Herr Doktor — schnell — schnell!"

Das Rufen kam aus dem Garten, es war die Stimme Dreffenstegs. Im Laufschritt stürmte Pucki den Weg entlang, hinunter an den Zaun.

„Ihr Junge ist in den Bach gefallen", rief der Bauer ihr entgegen.

„Rudi!" schrie Pucki auf.

Die starken Arme Dreffenstegs reichten der geängstigten Mutter den leblosen Knaben über den Zaun.

„Rudi, mein lieber Junge!" jammerte die erschreckte Mutter.

Pucki sah nur das totenblasse Gesicht ihres Jüngsten mit den geschlossenen Augen. Wie aus weiter Ferne hörte sie die Worte: „Er ist kopfüber in den Bach gestürzt, der Schreck hat ihn ohnmächtig gemacht. Gott sei Dank, daß ich gerade hinzukam, sonst wäre es vielleicht zu spät gewesen."

Kein Atemzug, kein Laut war von dem Knaben zu hören. Pucki dachte nicht an ihr helles Kleid, das bereits über und über beschmutzt war. Sie hielt ihren Knaben im Arm, ihren Rudi, und eilte der Klinik zu.

„Waltraut — Claus — —!" schrie sie voll Entsetzen.

Die Füße trugen sie kaum noch. Ihr war, als setze der Schlag ihres Herzens aus, als taumele sie. Sie wußte nur das eine: Rudi atmete nicht mehr, er war vielleicht schon tot!

Claus, der gerade einen Krankenbesuch machte, hörte die Stimme seiner Frau, er hörte aus dem kurzen Ruf die Angst einer Mutter. Sofort eilte er hinaus in den Flur und sah Pucki, die ihm das Kind entgegenstreckte. Als er es genommen hatte, mußte Pucki sich gegen die Wand lehnen. Kraftlos flüsterte sie:

„Er fiel in den Bach."

„Hallo, Schwester Waltraut!" Der Arzt wußte sofort, hier war rasche Hilfe nötig. Er konnte sich um Pucki jetzt nicht kümmern, obwohl sie einer Ohnmacht nahe war. Als Waltraut gelaufen kam, durch den angstvollen Ruf des Arztes herbeigerufen, fing sie die ohnmächtige Schwester gerade noch in ihren Armen auf. Nur ein einziges Wort kam über die erblaßten Lippen Puckis: „Rudi —!"

Aber auch Doktor Gregor empfand einen furchtbaren Schreck. Sein Junge gab kein Lebenszeichen mehr von sich. Das war keine Ohnmacht, die den Knaben befallen hatte. Schwester Lotte wurde gerufen, denn zunächst mußte das Kind gewaschen, der Schlamm aus Nase, Mund und Ohren entfernt werden. Dann begannen die Wiederbelebungsversuche.

„Rudi, mein Junge", sagte Claus erschüttert, „du darfst doch deine Eltern nicht verlassen."

Die Wiederbelebungsversuche wurden ununterbrochen fortgesetzt. Doktor Gregor hob die kleinen Ärmchen über den Kopf des Kindes, ließ sie langsam wieder sinken, drückte sie an den Körper und hob sie wieder empor. Unentwegt ruhten dabei seine Augen auf dem blassen Kindergesicht.

Noch immer rührte sich der Knabe nicht, kein Hauch kam aus seinem Munde. Da wurde die Tür aufgerissen, Pucki trat ein, hinter ihr Waltraut.

„Claus — lebt er?"

„Ruhig bleiben, Pucki, ruhig bleiben!" sagte Doktor Gregor, dann setzte er die Wiederbelebungsversuche fort.

„Rudi, mein Rudi!" jammerte Pucki von neuem.

„Pucki, ich bitte dich, gehe hinaus", sagte Claus zärtlich.

„Du darfst mich nicht fortschicken! — Rudi, mein lieber Junge!“ Sie wollte sich über das Kind beugen, aber in diesem Augenblick versagten ihre Kräfte. Pucki rang verzweifelt nach Atem, sie schloß die Augen und sank erschöpft zusammen. Waltraut umsorgte sie und bettete sie auf eine Couch.

Endlich war es Doktor Gregor gelungen, Rudi ins Leben zurückzurufen. Die ersten schwachen Atemzüge kamen aus seinem Munde. Da wischte sich der Arzt die Schweißtropfen von der Stirn. Er hätte aufjauchzen mögen, aber drüben lag seine Frau totenblaß auf der Couch mit verkrampften Händen.

„Pucki — unser Rudi lebt!“ sagte Doktor Gregor leise zu seiner Frau, während er sich zu ihr niederbeugte.

Ein kurzer Schrei kam aus ihrem Munde, dann schüttelte ein Weinkrampf die zierliche Frauengestalt. Waltraut eilte davon, um der erregten Schwester ein Beruhigungsmittel zu holen. Rudi aber öffnete die Augen und brach bald in ein lautes Geschrei aus. Dieses Geschrei beglückte den Vater über alle Maßen. Er hatte seinen Jüngsten wieder, der von ihm fast schon aufgegeben war.

„Schwester Lotte, der Junge bleibt vorläufig hier, ich bringe meine Frau hinüber und komme sofort zurück.“

Aber Pucki wollte nicht sogleich fort, erst mußte sie Rudis Hände fassen und ihm einen Kuß auf die Stirn drücken. Dann fühlte sie erneut die große Schwäche, die ihr fast die Kraft zum Gehen nahm. Gestützt von Claus und Waltraut, brachte man sie hinüber in die Wohnung. Emilie war aufs höchste erschrocken, als sie ihre liebe Doktorsfrau so kommen sah. Rasch richtete sie alles her, und Pucki wurde ins Bett gebracht.

„Komm bald zurück, Claus, und erzähle mir von Rudi.“

„Du brauchst dich nicht mehr zu sorgen, Pucki. Wie hätte ich ihn verlassen, wenn noch Gefahr bestünde?“

„Wo sind die anderen Kinder?"
„Ich will sie holen", sagte Emilie. „Ich habe sie vorhin in der Laube sprechen hören."
„Vielleicht liegen sie auch im Bach", hauchte Pucki mit starren Augen.
„Pucki, beruhige dich, nun ist ja alles wieder gut", tröstete er sie.
„Ich hole die Kinder", sagte Emilie und eilte hinaus auf den Flur. Sie rief in den Garten die Namen der beiden Knaben. „Schnell, Karlchen, schnell Peter, die Mutti will euch sehen!"
Die Gerufenen kamen sehr langsam näher, denn die Stimme Emiliens verhieß nichts Gutes.
„Ich friere doch so sehr!" rief Peter.
Erst gingen die Kinder in die Küche zu Emilie, um ihre unsauberen Füße zu reinigen. Emilie mußte auch die Schuhe und Strümpfe vom Bach holen, die sie dort verloren hatten.
„Peterli, wie siehst du denn aus?" fragte Emilie, „was habt ihr wieder gemacht? — Die Mutti ist krank geworden vor Angst."
„Die Mutti ist krank?"
„Und der Rudi ist beinahe ertrunken! Die Mutti ist so furchtbar erschrocken, daß sie im Bett liegen muß."
„Ich will zu Mutti", sagte Peter weinerlich. „Ich friere doch so!"
„Erst ziehe ich dir die nassen Hosen aus und bade deine Füße."
„Ich gehe zur Mutti", sagte Karl und lief davon.
Währenddessen rieb Emilie den fröstelnden Peter sauber ab. Dann gab sie ihm einen leichten Klaps und sagte ärgerlich: „Immer nur dummes Zeug machen! Der Vater sollte euch einmal kräftig durchprügeln."
Sehr leise schlich Peter ins Schlafzimmer. Als er die Mut-

ter so verändert sah, als er nach ihrer heißen, zitternden Hand griff, wurde ihm angst.

„Mutti, ich möchte zu dir ins Bett, mir ist so kalt!"

„Hast du auch im Bach gelegen?" fragte sie matt.

„Mutti, ich möchte zu dir ins Bett."

„Ihr macht, daß ihr wieder hinauskommt", sagte Claus, „ihr wartet im Kinderzimmer auf mich. Keiner rührt sich aus dem Hause. Eure Mutti ist sehr krank, das seht ihr doch."

Claus blieb noch längere Zeit bei seiner Frau. Es war nötig, ihr sofort eine Medizin zu verschreiben. Der Vorfall hatte die Ärmste sehr erregt und das Herz stark mitgenommen.

„Geh zu Rudi, Claus, er ist vielleicht krank."

Flüsternd sprach Claus mit Waltraut, dann verabschiedete er sich von seiner Frau und ließ Waltraut bei ihr zurück. Er ging jedoch nicht gleich hinüber zur Klinik, sondern betrat erst das Kinderzimmer. Von den Knaben wollte er sich berichten lassen, wie sich der traurige Vorfall mit Rudi ereignet hatte. Wenn sie die Schuld daran trugen, sollte es ein ordentliches Strafgericht geben.

Die ersten Worte waren noch nicht gesprochen, da erkannte der Vater, daß Peter, der ohnehin schwächlich war, vor Frost zitterte. Claus schaute in seine matten Augen und steckte ihn sofort ins Bett.

Von Karl erfuhr er dann alles Nähere. Über Rudi konnte er freilich keine Auskunft geben. Davon berichtete ihm erst später der Bauer Dreffensteg.

„Schäme dich, Karl", sagte Doktor Gregor sehr ernst. „Wenn du deine Brüder zu dummen Streichen veranlaßt, hast du dich auch um sie zu kümmern. Nun ist die Mutti krank, beide Brüder sind krank, und du trägst die Schuld daran."

„Vati — —"

„Nein, Karl, ich will deine Hand jetzt nicht haben! Du bist ein unzuverlässiger und dummer Junge. Wenn die gute Mutti nun tagelang leiden muß, so ist das deine Schuld. — Schäme dich!"

Zusammengekauert hockte der Knabe allein in der Spielecke, und langsam rannen ihm dicke Tränen über die Wangen.

HERZWEH

Im Doktorhause war es still geworden. Zu keiner Tageszeit hörte man mehr das Lärmen der Kinder. Sogar die Kranken in der Klinik wunderten sich darüber, daß sie nicht wie gewöhnlich hinter der Frau des Doktors oder einer der Schwestern einen Knaben durch die Tür schlüpfen sahen, um sie zu begrüßen. Schließlich erfuhren sie, daß Peter und Rudi in einem der Krankenzimmer lägen. Der ältere hatte sich eine Lungenentzündung zugezogen, und der jüngste litt noch sehr unter den Folgen seines Unfalles.

Aber auch mit Pucki war Claus nicht zufrieden. Sie hatte zwar den Schreck längst überwunden, aber ihr Aussehen war nicht mehr so frisch wie früher. Das Herz ging unruhig, und oftmals wurde Pucki von einer unerklärlichen Schwäche überfallen, die sie zwang, die Arbeiten für Augenblicke einzustellen. Sie hatte ihren Mann gebeten, er möge den erkrankten Peter nicht in die Klinik legen, sondern in der Wohnung lassen, aber Claus lehnte energisch ab.

„Du gefällst mir nicht, liebe Frau, du bist selbst nicht gesund. Die Pflege Peters würde dich gänzlich herunterbringen. Besuche deinen Jungen täglich mehrmals, er ist drüben in guter Hut. Außerdem kann ich Rudi schon in wenigen Tagen aufstehen lassen, dann macht er dir noch Unruhe genug."

Aber Peter verlangte ständig nach der Mutti, so daß Pucki immer wieder hinüber in die Klinik eilte, um den Knaben zu sehen. Als sich sein Zustand dann von Tag zu Tag leider verschlimmerte, überkam sie solche Unruhe, daß sie den Gatten immer dringender bat, sie drüben bei dem kranken Kinde zu lassen.

„Pucki, du wirst auch noch ganz krank werden!"

„Claus, ich werde es nur, wenn ich Peterli nicht selbst pflegen darf."

So kam es, daß Frau Gregor stundenlang am Bett ihres erkrankten Kindes saß und nur auf energisches Zureden ihres Mannes für kurze Augenblicke in die Wohnung ging, um ihre Hausfrauenpflichten zu besorgen. Die gute Emilie nahm Frau Gregor schon nach Möglichkeit alle Arbeiten ab. Sie sah selbst, wie leidend die besorgte Mutter geworden war. Einmal, als Pucki wieder mitten in ihrer Arbeit innehielt und sich erschöpft im Zimmer auf das Sofa legte, begann Emilie bitterlich zu weinen. Sie beschloß, noch heute mit Herrn Doktor Gregor zu reden und ihm zu sagen, daß seine Frau zu schwach sei, um alle Arbeiten weiterhin zu leisten.

Während Rudi die alte Fröhlichkeit wiedergewonnen hatte, war Karl seit dem Unglück auf der Nachbarwiese sehr still geworden. Er schämte sich vor Vater und Mutter, er wagte kaum nach dem kranken Bruder zu fragen und stand mitunter vor der Tür des Krankenzimmers, angstvoll lauschend, ob er nichts von dem Bruder hören könnte. Seine Spiele waren auch nicht mehr so lärmend wie früher. Lange Zeit konnte er still im Kinderzimmer neben seinen Spielsachen sitzen, ohne ein Wort zu sagen. Dann gingen seine Gedanken hin zu der kranken Mutter und zu Peterle, und er dachte an alle Unarten, die er vollbracht hatte.

Auch an das schlimme Mädchen aus dem Buche, das die

Mutti sein sollte, dachte er. So unüberlegt wie er war jenes Mädchen aber doch nicht gewesen. Sie brachte keinen Menschen in Gefahr, sie hatte sogar den Wald vor dem Verbrennen gerettet.

Als er in die Küche kam, sah er, wie Emilie sich die nassen Augen wischte.

„Warum weinst du denn?"

„Weil es deiner Mutti sehr schlecht geht."

„Was hat sie?"

„Sie ist sehr schwach. — Das kommt davon, daß ihr sie so sehr erschreckt habt. Seitdem ist ihr Herz nicht mehr in Ordnung. Wer ein krankes Herz hat, um den ist es schlimm bestellt. — Was seid ihr doch für Rangen!"

„Was hat die Mutti für ein schlimmes Herz?"

„Es ist krank. Und daran seid ihr drei schuld."

Karlchen schlich betrübt davon. Seine geliebte Mutti hatte ein krankes Herz. Er wußte genau, daß ein krankes Herz etwas Schlimmes war. Er legte beide Hände auf die linke Brustseite. — Dort saß das Herz. Ob es der Mutti weh tat? Auf Zehenspitzen schlich er zum Wohnzimmer, sah die Mutti auf dem Sofa liegen und eilte zu ihr hin. Er kniete neben ihr nieder und rief weinend:

„Mutti, hab' ich dir das Herz krank gemacht?"

„Nein, nein, Karlchen", sagte Pucki lächelnd und strich zärtlich über das Haar des Knaben.

„Tut es sehr weh, Mutti? — Tut es hier weh?" Er tippte auf ihre Herzgegend.

„Es wird wieder besser werden, Karlchen. Wenn nur Peterli erst wieder gesund wäre, damit die Mutti nicht mehr so große Sorgen hätte."

„Mutti — ich muß mich immerzu schämen. — Das hat der Vati gesagt. Mutti, du hast mich wohl gar nicht mehr lieb, weil ich es gemacht habe, daß dir das Herz weh tut."

„Mein geliebtes Karlchen, die Mutti hat dich immer sehr lieb, sie wird auch bald wieder gesund sein, und dann spielt sie wieder mit euch wie früher."

„Wenn doch dein Herz krank ist — das ist sehr schlimm."

„Es wird schon wieder gesund werden, mein Junge. — Doch nun laß Rudi nicht allein, geh und spiele brav mit ihm. Das macht der Mutti Freude, dann wird ihr Herz wieder ruhiger."

„Ja, Mutti, ich will sehr schön mit Rudi spielen! Meinetwegen soll er auch immerzu auf meinem Schaukelpferd reiten. Ich will ihn nicht herunterwerfen. — Ach, liebe Mutti, mach doch schnell, daß dein Herz wieder gesund wird!"

Pucki erhob sich vom Sofa. „Jetzt ist schon wieder alles vorüber. Der Mutti geht es besser, und ihr könnt herkommen und bei mir spielen."

Mit rührender Fürsorglichkeit war Karlchen um seinen kleinen Bruder bemüht. Rudi konnte noch so viel verlangen, alles wurde ihm bereitwillig gegeben. Wenn Karlchen einmal ungeduldig werden wollte, genügte ein Blick auf die still in der Sofaecke sitzende Mutti, die ihrem Ältesten liebevolle Blicke hinübersandte. — —

Dann war es zwei Tage später, als Karl von jähem Schrecken erfaßt wurde. Er war unten im Garten, dicht an der Eingangspforte. Plötzlich hörte er Schritte und Pferdegetrappel. Als er neugierig zur Pforte eilte, sah er einen Trauerzug daherkommen. Hinter einem Sarg, geschmückt mit Kränzen, schritten Männer und Frauen, alle schwarz gekleidet.

Der Zug war bald vorüber, aber ganz in Karlchens Nähe stand eine Gruppe Menschen, deren Gespräch der Knabe deutlich hören konnte.

„Daß die junge Frau sterben mußte", sagte einer. „Sie

hatte eben ein krankes Herz. — Da gab es keine Rettung mehr."

„Vielleicht hätte sie sich mehr schonen müssen."

„Wie konnte sie sich schonen! Fünf Kinder waren zu versorgen. Die Kinder haben ihr das Leben recht schwer gemacht, denn sie waren gar zu wild und ungezogen."

„Ach, die armen Kinder, nun haben sie keine Mutter mehr. — Schade um die gute Frau. — Ja, ja, wer es mit dem Herzen hat, muß sich vorsehen."

Die Gruppe zerstreute sich bald, aber Karlchen stand noch immer regungslos da. Es war ihm, als wären seine Füße am Boden festgewachsen. Noch konnte er nicht ganz ermessen, was der Tod bedeutete, aber das wußte er, wenn einer im Sarge hinausgefahren wurde, kam er nie wieder.

Weil das Herz krank war, deswegen war die Frau gestorben, hatten die Leute gesagt. Seine Mutti hatte auch ein krankes Herz, sie hatte auch Kinder, die ihr viel Arbeit und Mühe machten.

Karlchen legte beide Hände auf sein Herz. — Was war das? Dort tat es auf einmal so weh. Und plötzlich begann er leidenschaftlich zu weinen.

„Mutti, Mutti — —". Er wollte zu ihr eilen, besann sich aber schon im nächsten Augenblick. Die kranke Mutti durfte nicht erschreckt werden wie damals, als der Nachbar ihr den fast erstickten Rudi brachte. Er durfte nicht zur Mutti. Aber zu Tante Waltraut wollte er gehen und sie fragen, ob die Mutti mit dem kranken Herzen auch sterben müßte.

Er mußte ein Weilchen in der Vorhalle warten, ehe er Tante Waltraut sah. Aufgeregt klammerte er sich an sie. Dabei erschütterte erneut ein wildes Schluchzen seinen Körper.

„Sie haben eine Frau in den Sarg gelegt und fortgefahren, weil sie ein krankes Herz hatte, Tante Waltraut. — Die Mutti hat doch auch ein krankes Herz. — Wird die Mutti auch sterben?“

„Nein, mein lieber Junge! Wie kommst du auf solche Gedanken? Mutti ist nur augenblicklich etwas angegriffen. Die Mutti wird verreisen und nach einigen Wochen ganz gesund wieder zurückkommen.“

„Und wenn sie doch stirbt, weil sie so viele Kinder hat, die ihr immerzu Arbeit machen?“

„Das Herz der Mutti ist gar nicht so krank, mein lieber Junge.“

„Tante Waltraut, ich hab' auch ein krankes Herz. — Es tut hier so weh!“

„Das ist Herzweh, mein lieber Junge, das bekommt man, wenn man Sorgen und Kummer hat. Das geht vorüber. Brauchst dir keine Sorgen zu machen, mein guter Junge. Tante Waltraut weiß ganz genau, daß die Mutti wieder gesund wird.“

„So gesund wie die alte Frau Weber?“

„Ja, Karlchen, Vati und Tante Waltraut haben die kranke Frau Weber auch wieder gesund gemacht.“

„Liebe gute Tante, mach die Mutti auch wieder gesund! Du mußt sie recht bald wieder gesund machen! Ich hab' solche Angst.“

In diesem Augenblick kam Doktor Gregor über den Flur. Er sah das verweinte Gesicht seines Knaben und faßte ihn unter das Kinn. „Na, Junge, wo fehlt es schon wieder?“

Während Karlchen das Gesicht in Waltrauts weiße Schürze drückte, gab sie dem Schwager im Flüstertone eine Erklärung über Karlchens Tränen. Doktor Gregor hob seinen Knaben empor. „Wir machen die Mutti bald wieder gesund, Karlchen, und du sollst mithelfen. Du mußt nur brav und artig sein und auf Rudi gut aufpassen, damit ihm nicht wieder etwas zustößt. Die Mutti muß verreisen, und dann kommt sie ganz gesund zurück."

„Vati — ganz gesund?"

„Sicherlich!"

„Ach, Vati, wir reisen alle mit! — Wohin reisen wir denn?"

„Ihr bleibt hier beim Vater. Die Mutti wird allein fortfahren, damit sie Ruhe hat."

„Das macht ihr aber keinen Spaß, Vati."

„Die Mutti braucht Ruhe, um gesund zu werden. Aber erst muß Peter über den Berg sein, dann kann sie fahren."

„Und sie wird wieder ganz gesund?"

Als der Vater und Tante Waltraut diese Frage bejahten, kam wieder ein helles Leuchten in die Kinderaugen. „Oh, dann muß ich gleich auf Rudi aufpassen." Damit sprang Karlchen davon. —

Nach drei aufregenden Tagen konnte Doktor Gregor seiner besorgten Frau sagen, daß für Peter nichts mehr zu befürchten sei. Er befand sich auf dem Wege der Genesung, und so wurde auch Pucki langsam wieder ruhiger. Trotzdem fühlte sie sich matt und elend.

Wenn Claus von einer Erholungsreise sprach, meinte sie ausweichend: „Es wäre vielleicht ganz gut, Claus, aber es geht nicht. Die Kinder sind noch zu klein, ich kann meiner Mutter ihre Beaufsichtigung nicht zumuten. Und Schwester Waltraut hat in der Klinik überreichlich zu tun."

„Deine Mutter kommt gar nicht in Betracht, Pucki. Ich habe mit ihr gesprochen und bei ihr angefragt, ob sie dich auf der Reise begleiten will. Ich möchte dich nicht allein fahren lassen."

„Aber Claus, ich bin doch nicht so krank!"

„Aber elend und sehr pflegebedürftig! — Du mußt es dem Arzt schon glauben, Pucki. Du sollst als kerngesunder Mensch wieder nach Hause kommen. Wir wollen es einmal genau überlegen."

„Aber lieber Claus, wer soll unsere Kinder betreuen? Ich hätte keine ruhige Stunde, wenn ich sie allein bei Emilie wüßte."

„Das geht natürlich nicht, liebe Frau. Emilie kann wohl für einige Wochen den Haushalt besorgen, aber es ist ihr unmöglich, dann auch noch auf die Kinder zu achten."

„Nun also! — Es geht wirklich nicht. Ich werde auch ohne eine Erholungsreise wieder zu Kräften kommen."

„Richte dich ein, Pucki, daß du in spätestens vierzehn Tagen Rahnsburg verläßt. Ich schicke dich für vier Wochen ins Bad, und deine Mutter begleitet dich."

„Mutter kann den Vater unmöglich allein lassen, Claus."

„Traust du deiner Schwester Agnes gar nichts zu? Mit deinen Eltern und mit Agnes habe ich schon gesprochen, Pucki. Alles ist besprochen, da gibt es keine Schwierigkeiten mehr. Morgen kommen übrigens meine Eltern aus Rotenburg herüber, die sehr besorgt um dich sind."

„Du denkst daran, deine Mutter herkommen zu lassen?"

„Nein, liebe Frau, daran denke ich nicht. Du weißt, daß Mutter in letzter Zeit viel mit Kopfschmerzen zu tun hat. Mutter sagte mir jedoch, sie wisse aber eine geeignete Persönlichkeit für unser Haus. Alles das soll morgen besprochen werden."

Pucki seufzte. „Ihr seid eine nette Gesellschaft! Die Hauptbeteiligte wird nicht gefragt, sie hat nur zu gehorchen. Ich fürchte, die Kinder werden vor Sehnsucht krank werden, wenn ich wochenlang fern bin."

„Da wollen wir die Kinder einmal fragen", lachte

Claus. Er ging ins Kinderzimmer, und bald kamen Karl und Rudi angelaufen.

„Nun frage mal“, schmunzelte Claus und schaute Pucki an.

„Karlchen, denke einmal, deine Mutti soll vier Wochen fortfahren und ihr sollt allein hier bleiben. Ihr wollt doch sicher die Mutti behalten?“ Pucki hoffte, daß sich die Knaben durch diese Fragestellung veranlaßt sehen würden, ihr zuzustimmen. Es erschien ihr ganz undenkbar, wochenlang von den Kleinen getrennt zu sein.

„Meine Mutti ist krank, meine Mutti muß wieder gesund werden. Darum muß sie fortfahren“, sagte Karl und stand in strammer Haltung vor seiner Mutter. Dann warf er einen forschenden Blick hinüber zum Vater, der ihm befriedigt zunickte.

„Rudi, mein Kleiner!“ Pucki nahm ihn auf den Arm. „Soll die Mutti fortfahren?“

„Mutti soll gesund werden!“

Pucki drohte Claus mit dem Finger. „Warte nur! Schon als Kind habe ich immer bei deinen Eltern Beistand gefunden. Sie werden auch jetzt einsehen, daß eine so lange Abwesenheit undenkbar ist. Und du wirst bei den Kindern vorher keine Gelegenheit haben, ihnen die Worte einzureden, die du hören möchtest.“

Karlchen hielt die Hand der Mutter fest. „Meine Mutti ist krank, meine Mutti muß verreisen und wieder gesund werden.“ Das wiederholte er noch mehrmals.

Am nächsten Tage kam Oberförster Gregor mit seiner Frau. Die beiden, die früher in der schönen Oberförsterei in dem Rahnsburger Forst gelebt hatten, wohnten seit der Pensionierung des Oberförsters in der Stadt Rotenburg. Dort war Pucki zur Schule gegangen, dort hatte sie bei Tante Grete, der Schwester des Oberförsters, mehrere Jahre lang gelebt. In letzter Zeit war die junge Frau selten nach Rotenburg gekommen, dafür stellten sich Gregors öfters in Rahnsburg ein, um sich an dem Glück ihrer Kinder und Enkelkinder zu erfreuen. Pucki wußte, daß sie bei dem herzensguten alten Herrn immer einen Rückhalt fand, wenn sie etwas auf dem Herzen hatte. So wußte sie es auch heute einzurichten, daß sie kurz nach der Ankunft der Schwiegereltern mit dem Oberförster allein war.

„Du siehst doch auch ein, lieber Vater, daß ich unmöglich so lange von hier wegbleiben kann."

„Nein, mein liebes Kind, das sehe ich nicht ein. Du wirst reisen, denn du mußt gesund werden."

„Aber Vater — —"

„Da gibt es nichts mehr zu reden. Unsere Mutter hat den richtigen Ausweg gefunden, mit dem wir zufrieden sein können. Versuche nicht erst, mich zu beschwatzen. Das hast du schon als kleines Mädchen gerne versucht. Manchmal ist es dir auch gelungen, aber heute glückt es dir nicht!"

Pucki sah ein, daß sie nichts erreichen konnte. So war sie gespannt, welchen Ausgang der Plan einer Reise nehmen würde.

Als sie gemütlich beim Nachmittagskaffee saßen, sagte Frau Gregor:

„Ich weiß nicht, Pucki, ob du dich noch unserer entfernten Verwandten Trude Radill erinnerst? Du hast sie einmal in unserem Hause gesehen. Sie war lange Jahre Krankenschwester, hat später ein Kinderheim selbständig geleitet, betätigte sich aber dann in einem Sanatorium und übernahm endlich ein Kinderkrankenhaus. Nun ist sie gerade frei. Ich glaube, daß Trude Radill — sie ist jetzt Oberin — geeignet wäre, dich hier zu vertreten."

Pucki überlegte einige Augenblicke. Schließlich fragte sie zögernd: „Ist die Oberin Radill jene große starke

Dame mit der Brille und dem männlichen Gesicht?"

„Ja, Pucki."

„Hat sie nicht eine tiefe Stimme, so wie ein Mann spricht?"

Claus lachte. „Ich weiß schon, was du sagen willst, liebe Frau: Vor dieser Oberin hätten meine Kinder Angst, sie würden niemals Vertrauen zu ihr fassen."

„Wenn du das denkst, Pucki", unterbrach Frau Gregor ihren Sohn, „so irrst du dich. Gewiß macht die Oberin äußerlich einen strengen Eindruck, aber Trude ist von einer seltenen Gewissenhaftigkeit. Du brauchst dir keine Sorge um deine Kinder zu machen. Vielleicht ist sie etwas strenge, aber was schadet das?"

„Ich will durchaus nichts Schlechtes gegen die Oberin sagen, liebe Mutter", wandte Pucki ein.

„Auch ich kann sie nur loben, Pucki", sagte Oberförster Gregor. „Die Oberin ist zwar in ihren Ansichten etwas altmodisch, auch ihre Erziehungsmethode paßt nicht mehr in unsere Zeit. Trude ist mit der Jugend nicht recht mitgegangen, aber von einer alten Dame kann man nicht alles verlangen. Es kommt in der Hauptsache darauf an, daß deine Kinder sorgsam behütet und liebevoll betreut werden. Nach dieser Richtung hin können wir uns auf die Oberin Radill voll und ganz verlassen."

„Es schadet unseren Jungen bestimmt nichts, wenn sie einmal strenge genommen werden. Meinst du das nicht auch, Pucki?"

„Gewiß, Claus! Aber — die Oberin Radill machte bereits auf mich, als ich noch ein junges Mädchen war, einen zu strengen Eindruck. Ich möchte fast sagen, ich hatte Angst vor ihr —"

„Dann wird es unseren drei Buben genau so ergehen. Und das ist gut, denn sie werden ohnehin glauben, daß sie in deiner Abwesenheit das Haus auf den Kopf stellen dürfen. Da tut jemand not, der sie fest in der Hand hat."

„Vielleicht könnte ich aber doch noch ein Inserat nach einem Kinderfräulein aufgeben", wagte Pucki einzuwenden.

„Wenn du die Oberin Radill durchaus nicht haben willst, Pucki, können wir eine Anzeige aufgeben. Aber dann weißt du nicht, was du bekommst. Für Trude aber kann ich einstehen."

„Ich will deine Pläne gewiß nicht durchkreuzen, liebe Mutter — —"

„Es kommt noch etwas anderes hinzu, Pucki. Trude ist ein wenig verbittert, weil man sie entlassen hat. Ich sagte ja schon, sie geht zu wenig mit der Jetztzeit mit, sie paßt nicht mehr recht in ein Kinderheim. Sie würde aber sehr glücklich sein, wenn ihr diese Stelle hier in deinem Hause für die nächsten Wochen übertragen würde. Pucki, du kannst es ruhig mit ihr versuchen! Gewiß, wenn man sie zum ersten Male sieht, wirkt sie wenig angenehm. Aber sie dürfte es bald verstehen, die Liebe und das Vertrauen deiner Kinder zu gewinnen."

„Und wenn das nicht der Fall ist", fiel Claus ein, „gehen die vier Wochen auch einmal vorüber. Die Kinder können mit ihren Sorgen zu mir und zu Schwester Waltraut kommen. Wir bringen dann alles wieder ins Gleichgewicht. Aber du sollst die Entscheidung treffen, Pucki. Wollen wir an die Oberin Radill schreiben?"

„Wenn ihr meint, daß die Kinder bei ihr gut aufgehoben sind, können wir es ja versuchen."

„Und meine liebe kleine Frau wird inzwischen verreisen und wieder gesund werden."

DIE FRAU OBERIN

Puckis Reisevorbereitungen waren schnell beendet. Beim Packen der Koffer standen die Kinder neben ihr und sahen zu. Sie fragten immer wieder, ob sie gesund zurückkommen würde. Wenn Rudi darüber jammerte, daß die Mutti von ihm ginge, zupfte ihn Karl verstohlen an der Hose, um ihm zuzuflüstern:

„Laß sie doch verreisen, sonst wird sie nicht gesund."

Als aber der Morgen kam, der letzte Morgen, an dem Pucki im Kreise ihrer Familie saß, war den Kindern doch das Herz sehr schwer, zumal sie heute auch die Frau Oberin erwarteten, die in der Abwesenheit der Mutter das Haus betreuen sollte.

Emilie hatte den Fehler begangen, einmal, als Karlchen recht übermütig war, zu sagen: „Laßt erst die Frau Oberin hier sein, die läßt euch nichts durchgehen. Sie ist viel strenger als die Mutti."

„Warum ist sie streng?"

„Weil sie will, daß ihr immer brav und artig seid."

Karlchen beruhigte sich nicht bei diesen Worten. Die Oberin stand wie ein böses Gespenst vor ihm. Mehrfach fragte er die Mutti, ob die Oberin eine böse Frau sei. Pucki beruhigte ihren Jungen, aber er flüsterte seinen Brüdern zu: „Wartet nur ab, wenn die Frau Oberin kommt, dann wird es schlimm, dann müssen wir immer brav sein."

Nun standen die Koffer gepackt im Flur. Pucki räumte im Zimmer noch das letzte zusammen und wollte gerade ihren Morgenrock in den Schrank hängen, als sich Peters Hand bittend auf die ihre legte.

„Mutti, pack ihn nicht fort. Wir hängen ihn an einen

Nagel in unser Schlafzimmer. Dann denken wir, du hängst dort. Dann freuen wir uns."

„Was, ihr freut euch, wenn ich am Nagel hänge?"

„Ja, wir gucken dann immerzu hin und sagen: das ist die Mutti!"

„Mein Morgenrock würde in den vier Wochen meines Fortseins sehr verstauben."

„Nein, Mutti, wir streicheln allen Staub weg. — Bitte, bitte, gib uns deinen schönen Morgenrock."

Pucki küßte den Kleinen herzlich. Aus solchen Äußerungen merkte sie, wie schwer den Kindern doch der Abschied wurde.

Die Kinder trösteten sich damit, daß sie um so lauter durch Haus und Garten toben könnten, wenn die Mutter nicht da wäre. Die Mutti hörte es dann ja nicht! Der Frau Oberin wollten sie schon aus dem Wege gehen.

Gegen zehn Uhr fuhr ein Auto am Doktorhause vor, das die Frau Oberin brachte. Pucki hätte es anfangs lieber gesehen, wenn sie bereits einen Tag früher gekommen wäre, aber leider hatte Fräulein Radill nicht früher kommen können.

Obwohl Pucki die Oberin vor Jahren flüchtig kennengelernt hatte und sich ihrer als einer großen stattlichen Frau erinnerte, wurde ihr heute das Herz ein wenig schwer, als sie die Frau mit der Brille in dem enganschließenden, langen Kleide erblickte. Ihre tiefe Stimme, ihre gemessenen Bewegungen würden die Kinder verängstigen. Es würde wahrscheinlich längere Zeit vergehen, bis sie sich an die Oberin gewöhnten.

Alles, was die Oberin sagte, klang sehr beruhigend. Sie versprach, die Kinder auf das gewissenhafteste zu behüten, ihnen alle ihre Zeit zu widmen und es an nichts fehlen zu lassen.

„Meine drei Jungen sind ein wenig wild, Frau Oberin", begann Pucki, „man muß ihnen mitunter etwas nachsehen. Aber sie sind gutherzig und aufrichtig. Nun, Sie wissen ja, daß frische, aufgeweckte Knaben gern über die Stränge hauen."

„Ich kann das alles verstehen, Frau Doktor. Soweit es erzieherisch verantwortbar ist, werde ich ihnen ihre Streiche gerne nachsehen. Ich halte es aber für meine Aufgabe, in den vier Wochen meines Hierseins die drei Kinder auch wirklich zu erziehen."

Nach einer halbstündigen Unterredung, die Puckis Herz nicht gerade erleichtert hatte, rief sie die drei Kna-

ben, um sie der Oberin vorzustellen. Der Anfang war nicht vielversprechend.

„Bist du die Neue?“ fragte Peter.

Die ohnehin große Frau Oberin richtete sich noch höher auf. Sie musterte die Knaben ein Weilchen und reichte dem schüchtern dastehenden Karl die Hand.

„Du bist also der Älteste, der Karl, nicht wahr? Du gehst bereits zur Schule?“

„Nein, jetzt gehe ich nicht in die Schule.“

„Weil du noch acht Tage Ferien hast. Mit meiner Frage meinte ich, ob du bereits im April in die Schule gekommen bist.“

Karlchen wußte darauf nichts zu antworten. Da wandte sich die Oberin an Peter.

„Du bist der Peter? Es ist mir bekannt, daß du kürzlich recht krank gewesen bist. Du hast daher die Pflicht, dich recht sehr vorzusehen, zumal du eine schwere Lungenentzündung gerade überwunden hast.“

Die Oberin wandte sich fragend an Frau Gregor. „Wäre es Ihnen recht, wenn ich die Kinder von vornherein daran gewöhne, mich ‚Frau Oberin‘ zu nennen? Es erhöht den Respekt; die Erziehungsarbeit wird dadurch erleichtert.“

„Wenn Sie es wünschen, natürlich. Ich hätte den Kindern sonst gesagt, sie sollten ‚Tante‘ zu Ihnen sagen.“

„‚Tante‘ ist ein allgemeiner Begriff, den ich nicht schätze. Ich denke, wir wollen es bei der ‚Frau Oberin‘ belassen.“

„Tante, wenn du in den Himmel kommst, hast du dann auch die Brille auf der Nase?“ fragte Peter. „Gibt es auch Engel, die Brillen haben?“

„Du bist nicht gefragt, mein lieber Junge. Ein artiges Kind antwortet nur, wenn es gefragt wird. Wenn du mich aber etwas fragen mußt, wirst du in Zukunft sagen: Frau Oberin, bitte, wollen Sie mir eine Frage beantworten."

Pucki nagte verlegen an der Unterlippe. Sie wußte schon jetzt, daß sie mit dieser Vertretung nicht den rechten Griff getan hatte. Wenn nur Claus endlich käme, damit sie ihm vertrauensvoll noch einmal die Kinder ans Herz legen könnte. Auch mit Waltraut würde sie noch reden.

„Du bist der Jüngste, der Rudolf?" setzte die Oberin die Begrüßung fort. „Nicht wahr, wir werden gute Freunde sein?"

„Und wer bist du?" fragte Rudi zurück.

„Die Frau Oberin, die jetzt für euch sorgen und mit euch spielen will."

„Mutti — kann sie spielen?"

Pucki nahm rasch ihren Jüngsten auf den Arm, um ihn am Weitersprechen zu hindern. Es war wohl das beste, nachher, wenn die Begrüßung mit den Kindern vorüber war, noch einmal mit Fräulein Radill zu sprechen und sie um Nachsicht und Verständnis für ihre Jungen zu bitten.

Die Knaben wurden bald hinausgeschickt, und Pucki wandte sich sogleich an die gestrenge Frau Oberin.

„Sie haben meine Knaben nun gesehen, Frau Oberin —"

„Ich weiß, was Sie sagen wollen, Frau Doktor. Ich bin eine gute Menschenkennerin, ich habe es in Ihren Zügen gelesen. Es ist mir nichts Neues, daß Mütter mit meiner Erziehungsarbeit anfangs nicht einverstanden sind. Ich wirke zu streng. Ich fühle es, aber —" die Oberin reichte Pucki beide Hände, „machen Sie sich keine Sorgen während Ihrer Reise. Ich bin nicht so streng, wie es den Anschein hat. Bei Kindern kommt alles auf den ersten Eindruck an. Ich bin daher gezwungen, mich anfangs unnahbar zu zeigen, um den Respekt zu erhöhen. Die Knaben werden schnell Vertrauen zu mir fassen, ich werde ihre Liebe erringen und kann dadurch mehr bei ihnen erreichen."

„Ich weiß, Frau Oberin, daß ich mich in allem auf Sie verlassen kann. Meine Kinder sind nun einmal wild und übermütig."

„Ich werde das Maß meiner Duldsamkeit auf das äußerste erweitern und in meiner Nachsicht bis an den Rand des Möglichen gehen. Und noch einmal, beste Frau Doktor: reisen Sie ohne Sorgen."

Kurz darauf kam Doktor Gregor ins Zimmer, um die Oberin zu begrüßen. Als Emilie sie dann auf ihr Zimmer führte und Claus mit Pucki kurze Zeit allein war, sah er in ein sorgenvolles Muttergesicht.

„Ist diese Frau Oberin auch wirklich die rechte Erzieherin für unsere Kinder? Werden sie sich nicht unglücklich unter so strenger Zucht fühlen?"

„Laß nur, Pucki, es schadet den dreien nichts, wenn sie für ein Weilchen kurzgehalten werden. Sie kommen mit ihren Sorgen schon zu mir oder zu Waltraut, und ich werde dafür sorgen, daß jeder zu seinem Recht kommt. Die Hauptsache bleibt, daß wir eine gewissenhafte Frau im Hause haben, die über unsere Kinder wacht. Unsere Frau Oberin wird die Kinder nicht aus den Augen lassen, und Unfälle, wie kürzlich, haben wir nicht zu befürchten."

„Ich wünschte, ich wäre erst wieder zu Hause, Claus."

„Frisch und gesund, Pucki, das ist die Hauptsache! Ich erwarte viel von dieser Kur. Mach dir also keine Sorgen: alles wird gut gehen."

Als die Abschiedsstunde kam, als sich auch Frau Förster Sandler von den Kindern verabschiedete, um mit Pucki zur Bahn zu fahren, da hatten die drei Knaben Mühe, die aufsteigenden Tränen zurückzuhalten. Karlchen rief immer wieder mit heiserer Stimme:

„Die Mutti soll gesund werden!“

Claus schenkte jedem der Knaben in der Abschiedsstunde eine kleine Tafel Schokolade. Von der Oberin wurde das mit einem mißbilligenden Kopfschütteln hingenommen.

„Wenn ihr der Mutti eine Freude bereiten wollt“, sagte Pucki zum Abschied, „so seid lieb und folgsam zu der Frau Oberin.“

Flüsternd standen die drei Knaben beisammen, während die Oberin dem Auto nachwinkte.

„Ob ich ihr mal so schöne Gesichter schneide?“ fragte Peter seinen Bruder. „Der alte Mann in der Klinik sagt immer, er muß tüchtig darüber lachen. Vielleicht freut sie sich auch darüber.“

„Mach mal ein Gesicht wie der Mond“, rief Rudi, der nichts Schöneres kannte, als wenn Peter sein Gesicht furchtbar verzerrte.

Peter machte den „Mond“, schob den Mund nach links, kniff das eine Auge zu und blies die Backen auf. In diesem Augenblick betrat die Oberin das Zimmer. Peter zeigte ihr das Mondgesicht.

„Was soll das —?“

„Das ist der Mond“, rief Rudi lachend.

„Nein, mein Kind, das ist ein übermütiger Knabe. Kinder sollen keine Gesichter schneiden, Peter. Es gibt ein Märchen, in dem heißt es, daß ein Kind, das häufig Gesichter schneidet, damit bestraft wird, daß das Gesicht plötzlich so stehenbleibt.“

Peter betrachtete längere Zeit das Gesicht der Frau Oberin. „Du hast wohl auch mal Gesichter geschnitten, Frau Oberin?“

„Erstens, mein lieber Peter, werde ich nicht mit du angeredet, sondern mit dem Worte Sie. Zum zweiten aber hast du solche Fragen nicht zu stellen. — Und nun wollen wir uns zusammensetzen und etwas spielen. — Was könnt ihr spielen?“

„Ich kann auf dem Geländer ’runterrutschen! Das kannst du wohl nicht?“

„Nein, das kann die Frau Oberin nicht“, bestätigte Karl, „dazu ist die Frau Oberin viel zu alt und zu groß.“

„Bist du denn auf dem Geländer ’runtergerutscht, wie du klein gewesen bist, Frau Oberin?“

„Nein, Peter, so etwas habe ich niemals getan, das hätten meine Eltern nie geduldet.“

„Meine Eltern haben es aber geduldet“, gab Peter zurück.

„Bei uns muß die Mutti oft schelten“, erklärte Karl.

„Ich hoffe, meine lieben Kinder, daß ich nicht zu schelten brauche, sonst bin ich tief betrübt.“

„Was willst du nun mit uns spielen?“ fragte Rudi.

„Du mußt fragen: Bitte, was wollen Sie mit uns spielen, Frau Oberin? — Wiederhole den Satz noch einmal, Rudolf.“

Rudi sah sie sehr erstaunt an, dann wiederholte er die Worte zögernd.

„Laß uns mit Murmeln schmeißen“, wagte Peter vorzuschlagen.

„Mit Murmeln werfen, Peter. Schmeißen ist kein schönes Wort.“

„Ich weiß viel schönere Worte“, kicherte Peter, „aber die darf ich nicht sagen, sagt die Mutti. — Soll ich sie dir mal sagen?“

Die Oberin hielt es für geraten, darauf nicht zu antworten.

Karl rekelte sich auf seinem Stuhl. „Wie sitzt du denn da, Karl?“ klang es tadelnd.

„Danke — Frau Oberin — ich sitze sehr gut.“

„Ich bin tief betrübt, daß du meine Mahnung nicht verstehst, Karl. Ich hoffe jedoch, es wird langsam werden."

„Was wollen wir nu spielen?" drängte Rudi.

„Kommt, wir machen einen Kreis." Die Kinder faßten sich an der Hand und bildete mit der Frau Oberin einen Kreis. „Und nun paßt gut auf, wie ich es mache." Mit tiefer Stimme begann die Oberin zu singen, wobei sie erst den rechten und dann den linken Fuß vorsetzte und wieder zurücknahm:

„Füßchen rechts und Füßchen links,
ei, wie ist das schön!
Füßchen rechts und Füßchen links,
nun woll'n wir uns drehn!"

Sie ließ die Hände der Kinder los und drehte sich einmal herum, dann wurde der Kreis wieder geschlossen. Von neuem begann sie zu singen:

„Füßchen rechts und Füßchen links,
ei, wie ist das schön!
Füßchen rechts und Füßchen links,
nun woll'n wir uns drehn!"

Die drei Knaben machten die Bewegungen mit und versuchten auch den Text zu singen. Als die Oberin aber zum fünftenmal mit dem gleichen Vers begann, riß Peter sich los und rief:

„Ach, das ist Quatsch! Spiele lieber was anderes mit uns! Frau Oberin, das macht keinen Spaß! Wir wollen in den Garten gehen und rennen. — Kannst du rennen?"

„Wie sollst du zu mir sagen, Peter? — Bitte, können Sie auch rennen, Frau Oberin?"

„Können Sie rennen?" rief da Peter.

„Ich bin sehr betrübt, Peter, daß du noch immer nicht die richtige Anrede gebrauchst. — Wie sollt ihr zu mir sagen?"

„Frau Oberin", sagte Karlchen.

„Warum sagt ihr es nicht auch, Peter und Rudolf? — Also noch einmal: Wie sollt ihr zu mir sagen?"

„Frau Oberin."

Peter war weinerlich zumute. Schon wurden ihm die Augen feucht. Kräftig zog er mit der Nase.

„Hast du kein Taschentuch, Peter?"

Er riß es aus der Hosentasche und verbarg es hinter seinem Rücken. „Das gebe ich nicht! — Der Georg hat es auch mal haben wollen. Da hat die Mutti gescholten, weil ich es nicht wiederbrachte. — Nein, das gebe ich Ihnen nicht!"

„Du sollst es selbst benutzen, Peter. Ich bin tief betrübt, daß ich dir so etwas erst sagen muß. — Aber nun kommt, ihr sollt mir jetzt den Garten zeigen."

Die Knaben wollten voranlaufen, aber die Oberin nahm Rudolf an die eine Hand und Peter an die andere Hand. „Karl, du gehst neben deinem Bruder einher."

Mit langsamen Schritten gingen sie hinaus in den Garten. Als Karl draußen losrennen wollte, rief ihn die Oberin zurück.

„Karl, du bleibst bei mir. Ich bin sehr betrübt, daß ich dir das zweimal sagen muß."

„Warum sagst du immerzu, daß du betrübt bist, Frau Oberin? — Warum sind Sie denn betrübt, Frau Oberin?"

„Weil ihr euch so wenig Mühe gebt, brave Kinder zu sein.— Und nun wollen wir uns die Blümchen ansehen."

„Ach nee, wir wollen Haschen spielen", rief Peter wieder. „Können Sie mit uns Haschen spielen, Frau Oberin?"

„Nein, das ist nur ein Spiel für Kinder."

„Ach nein, Vati, Mutti und Tante Waltraut spielen es auch mit uns. — Guck, da kommt die kranke Frau mit dem komischen Namen!" Schon riß sich Peter von der Hand der Oberin los und eilte zusammen mit seinem Bruder Karl auf die Kranke zu. Die junge Frau empfing die beiden Knaben mit einem freundlichen Lächeln.

„Tante“, flüsterte Peter, „guck mal dort!“ Er wies mit dem Finger auf die Oberin. „Das ist die Neue, zu der müssen wir Frau Oberin sagen.“

„Karl — Peter!“ rief da die tiefe Stimme Fräulein Radills.

„Wir hören es nicht“, flüsterte Peter der Patientin zu, „komm rasch, wir gehen fort!“

„Wenn die Frau Oberin euch ruft, müßt ihr doch folgen, Kinder.“

„Nein, nein, Tante, jetzt bleiben wir bei dir. — Komm schnell!“ Schon zogen die beiden Knaben die junge Frau fort, um außer Hörweite zu gelangen.

„Karl Gregor — Peter Gregor!“ rief die Oberin laut und böse.

„Laß sie nur rufen“, sagte Peter.

Die Patientin mußte lachen und ließ die beiden Knaben von der Frau Oberin erzählen.

„Immerfort sagt sie, sie ist betrübt“, berichtete Karl.

„Ich werde ihr mal ein Gesicht schneiden, damit sie lacht“, meinte Peter gutmütig, „ich mach' den Mond. — Tante, soll ich dir mal den Mond oder die Teufelsfratze machen?“

„Ich rufe zum dritten und letzten Male: Karl Gregor — Peter Gregor!“ rief die Oberin dringlich zu den Knaben hinüber.

„Nu ruft sie nicht mehr, nu hat sie zum letzten Male gerufen. Nu ist es gut,“ stellte Karl befriedigt fest.

Obwohl die Patientin die Knaben ermahnte, zur Oberin hinüber zu gehen, folgten sie nicht. Sie liefen noch weiter davon. Bald standen sie am Lattenzaun und schauten hinüber auf die verbotene Wiese.

„Wir klettern nicht 'rüber“, sagte Karl.

„Nein, das dürfen wir nicht, sonst kommt der Bauer wieder mit dem Stock, oder der Rudi fällt in den Bach, und ich werde krank."

„Wollen wir zu Tante Waltraut gehen?"

Das fand Anklang. Sie mußten doch der guten Tante von der Oberin erzählen.

Waltraut ermahnte die Kinder liebevoll, recht artig zu sein und zur Frau Oberin zurückzugehen, weil sonst die Mutti keine Ruhe hätte, denn die Frau Oberin würde es der Mutti berichten.

„Dann schreibt sie", sagte Karlchen nachdenklich, „ich bin tief betrübt, und dann ist die Mutti auch tief betrübt. — Aber Tante, sie spielt so was Dummes mit uns."

„Geht jetzt zurück und zeigt ihr den Garten. Und wenn sie mit euch spielen will, so macht ihr Vorschläge."

„Auf dem Geländer will sie nicht rutschen, und Purzelbaum will sie auch nicht mit uns machen. Haschen spielt sie auch nicht — —"

„Es gibt noch viele andere Spiele. Aber nun lauft zurück, Tante Waltraut hat viel zu tun. Heute nachmittag komme ich zu euch, dann werde ich die Frau Oberin begrüßen."

„Ach — komm doch gleich!"

„Nein, ich habe jetzt keine Zeit. — So, und nun geht!" — —

Rudi hatte vergebliche Versuche gemacht, sich von der Hand der Oberin loszureißen, um den Brüdern zu folgen. Als es ihm nicht gelang, warf er sich auf die Erde.

„Stehe auf, mein Kind", sagte die Oberin.

Rudi blieb aber liegen. — Zwei-, dreimal erfolgte die Mahnung, aufzustehen, dann zog ihn die Oberin energisch empor und stellte ihn auf die Füße. Aber sogleich saß Rudi wieder auf der Erde. Dieses Spiel wiederholte sich dreimal.

„Ich bin tief betrübt, Rudolf."

Auch diese Worte machten auf den Kleinen keinen Eindruck. Erst als die Brüder zurückkehrten, erhob er sich. Die Oberin rückte an der Brille und schob mehrmals die Oberlippe hin und her. Da begann Peter treuherzig:

„Bitte, Frau Oberin, wir werden jetzt artig sein, wir laufen auch nicht mehr fort. Nun wollen wir wieder spielen. — Was spielst du denn mit uns?"

„Ihr zeigt mir jetzt den Garten, und dann gehen wir zurück ins Haus. Dort spielen wir mit dem Pferdestall."

„Kannst du das, Frau Oberin?"

„Doch, doch", sagte Karlchen rasch, „das können Sie sehr gut, Frau Oberin. Dummer Peter, du mußt doch nicht immer du sagen, sonst ist die Frau Oberin sehr betrübt."

Die Oberin strich Karl über den Blondkopf. „Brav, mein Kind, du gibst dir Mühe. Das hat mich sehr gefreut. Nicht wahr, wir werden bald gute Freunde sein. Ich habe euch lieb, und ihr sollt mich auch liebhaben."

ICH BIN TIEF BETRÜBT

„Jetzt sollst du mir zuhören, Tante Waltraut! — Aus einem dicken Eisenring hat er zwei gemacht."

„Und aus einem Hut, in dem nichts war, hat er immerfort Blumen geholt."

„Und aus einem Taschentuch, so ein richtiges Taschentuch, mit dem man sich die Nase schnaubt, hat er 'ne Taube 'rausgeholt — und — Tante Waltraut . . ."

Peter zerrte die Tante zu sich herüber. „Ich will dir erzählen! Dann hat er einen Zauberstab gehabt, und unter dem Hut stand dann ein Glas Wasser. Dann hat er geklopft und — hubs, da war es weg!"

„Dann hat er wieder geklopft, und da war es wieder da!"

Tante Waltraut hielt sich die Ohren zu. Wenn die drei

Knaben gleichzeitig auf sie einredeten, war das ein wenig viel. Die Oberin rang die Hände. Warum verbot Schwester Waltraut den Kindern nicht dieses Schreien und Lärmen? Mehrfach hatte sie sie zur Ruhe bringen wollen, aber keines der Kinder achtete darauf. Das kam davon, wenn man Kinder in eine Zaubervorstellung führte. Sie hatte von Anfang an nichts davon wissen wollen.

Gleich auf dem Heimwege war von ihr festgestellt worden, welchen verderblichen Einfluß die Zaubervorstellung auf die Kinder hatte. Karlchen hatte die Mütze vom Kopf gerissen, daraufgeklopft und dabei laut „Hokus — pokus!“ gerufen. Aus der Mütze hatte er ein Taschentuch und den Inhalt seiner Hosentasche genommen. Mitten auf der Straße war er stehengeblieben, um zu zaubern.

Die Oberin hatte Herrn Doktor Gregor gewarnt, aber der meinte, sie solle nur ruhig mit den Kindern in die Zaubervorstellung gehen. Er wollte den Knaben damit eine Freude machen.— Nun erzählten sie aufgeregt, was sie gesehen und gehört hatten. Sie ließen Schwester Waltraut gar nicht los.

„Soll ich jetzt mal aus deiner Haube zaubern?“ fragte Karl.

„Nein, Karlchen, ich muß wieder hinüber in die Klinik. Seid recht brav.“ Damit verließ Tante Waltraut das Kinderzimmer.

„Frau Oberin, bitte, zaubern Sie doch auch mal ein bißchen! Aus dem Bauch meines Schaukelpferdes zaubern Sie mal einen kleinen Kanarienvogel.“

„Ich bin tief betrübt, daß ihr Schwester Waltraut so belästigt habt. Wie oft habe ich euch gebeten, nicht so laut zu sein.“

„Wir wollten ihr doch nur erzählen!“

„Aber nicht so laut schreien. Und jetzt hängt eure Sachen, die ihr so liederlich umhergeworfen habt, recht hübsch auf. Du, Karl, kannst allein an den Haken heranreichen. Ihr anderen reicht mir fein säuberlich eure Mützen, damit ich sie aufhänge. — Wie ich sehe, Karl, hast du schon wieder ein Loch im Strumpf."

„Bitte, zaubern Sie das zu!" schlug er ihr vor.

„Mit Tinte, Frau Oberin", rief Peter, „das macht Spaß!"

„Ich bin tief betrübt, daß du wieder an die Tinte herangehen willst, Peter. Ein Kind, das noch nicht zur Schule geht, hat mit Tinte nichts zu schaffen."

„Bitte, Frau Oberin, zaubern Sie doch was!"

„Ich bin kein Zauberkünstler, Karl. — Wir können aber in Ruhe noch einmal von der Vorstellung sprechen."

Als die Knaben immer lebhafter wurden, wehrte sie entsetzt ab. „Ich wünsche, daß ihr mit gedämpften Stimmen sprecht."

„Was ist denn das für eine Stimme, Frau Oberin?"

Peter grunzte ganz tief und versuchte den Tonfall der Oberin nachzumachen. Es war kein Spott, er wollte tatsächlich der würdigen Frau gefallen.

„Ihr sollt leise sprechen," erklärte sie den Kindern.

„Ist leise so viel wie gedämpft?"

„Ja!"

Peter und Rudi blickten die Oberin verständnislos an. Sie waren es längst gewohnt, ihre Redewendungen nicht alle zu verstehen.

„Darf ich mal zaubern, Frau Oberin?" sagte Karl.

„Das kannst du nicht, mein Kind. Das sind Handfertigkeiten, die sich manche Leute in jahrelanger Übung aneignen."

„Dann übe ich jetzt auch! — Das macht Spaß."

Seit dieser Stunde wurde im Kinderzimmer öfters einmal zu zaubern versucht. Dabei wurde freilich manches Spielzeug zerbrochen, und das trug den Kindern jedesmal eine strenge Verwarnung der Oberin ein.

„Wenn das Zaubern nicht aufhört, Kinder, werde ich es eurem Vater melden. Ich bin tief betrübt, daß ihr nicht auf mich hört!"

Aber das Zaubern übte doch eine gar zu große Anziehungskraft auf die Knaben aus. Karlchen hatte es schon so weit gebracht, Spielmarken, die er in der Hand hielt, in den Blusenärmel rutschen zu lassen. Oft rief er seinen Geschwistern oder Freunden zu:

„Paßt mal auf! — Hier habe ich Geld. — Hokus — pokus! — Jetzt mache ich die Hand wieder auf — weg ist das Geld!"

Obwohl das Kunststück mehrfach mißlang, wurde es doch oft wiederholt.

Eines Nachmittags wurde Karl von Emilie zum Kaufmann geschickt, der gegenüber wohnte, um etwas zu holen. Unterwegs traf er ein kleines Mädchen, das er kannte.

„Ich kann zaubern!“ sagte er und zeigte ihm ein Fünfzigpfennigstück. Dann schwang er den Arm mehrmals durch die Luft. „Hokus — pokus, gleich wird es weg sein!“

Und wirklich — das Geldstück war weg.

„Au, deine Mutter wird aber schimpfen“, meinte das kleine Mädchen.

„Hokus — pokus, gleich ist es wieder da!“

Karlchen suchte in seinem Blusenärmel, aber das Geldstück war nirgends zu finden. Er rüttelte und schüttelte an der Bluse, knöpfte seine Hosenträger ab, suchte im Höschen — aber das Geldstück war nicht zu finden.

„Es ist dir aus der Hand gerutscht,“ sagte das Mädchen.

Karlchen sah ein, daß das möglich sein konnte. Und nun begann auf der schmutzigen Straße ein emsiges Suchen. Es fanden sich bald noch zwei Freunde ein, die ihnen suchen halfen. Leider fand keiner das Fünfzigpfennigstück.

„Ich geh' jetzt nach Hause und ziehe mich ganz aus, dann wird es schon hervorkommen!“

„Wenn du zaubern kannst, Karl, so zaubere es doch wieder her!“

„Ach, ich kann doch nicht ordentlich zaubern“, erwiderte Karl kläglich. Dann eilte er heim, um in der Küche Bluse und Höschen auszuziehen und Emilie von seinem Mißgeschick zu berichten.

„Mit Geld zaubert man nicht“, tadelte Emilie.

„Aber der Mann hat viel Geld aus der Luft geholt, bei mir geht es noch nicht. Ich muß erst tüchtig üben.“

„Jetzt sieh zu, daß du das Geld wiederfindest.“

Das war nun sehr schlimm! Zur Frau Oberin wagte sich Karl nicht, auch der Vater und Tante Waltraut würden ihm das Geld nicht geben. Schon früher hatte er einmal vergeblich diesen Versuch gemacht.

„So nimm es aus deiner Sparbüchse. Beim nächsten Mal wirst du dann vorsichtiger sein“, riet Emilie.

„Ach, Emilie, an meine Sparbüchse kann ich nicht, die Frau Oberin hat sie fortgenommen und gesagt, aus den Sparbüchsen darf man nichts herausnehmen, sonst wird es nicht mehr."

Schließlich mußte sich Emilie bereitfinden, ihm das Geld zu geben, aber fürs nächste vermied Karlchen jede Zauberei.

An einem der nächsten Abende, als Doktor Gregor nach dem Zubettgehen der Kinder mit der Oberin im Wohnzimmer saß, begann sie zögernd:

„Herr Doktor, ich beklage mich ungern, aber heute muß ich es tun. Sie hören, wie die Kinder nebenan im Schlafzimmer noch plaudern."

„Es wird sehr bald Ruhe sein, beste Frau Oberin."

„Ich habe die Knaben ermahnt, ruhig zu sein, sobald sie im Bett liegen."

„Ist es denn so schlimm, Frau Oberin, wenn sie noch ein wenig plaudern?"

„Ganz gewiß nicht, Herr Doktor! Viel schlimmer ist, was ich am heutigen Nachmittag feststellen mußte."

„Erzählen Sie, Frau Oberin. Ich werde Ihnen gern beistehen."

„Ich bitte darum, Herr Doktor. Ich bin tief betrübt darüber, daß Karl mit seinen sechseinhalb Jahren bereits unanständige Lieder singt."

„Wer weiß, wo er sie aufgeschnappt hat. Verbieten Sie ihm das, und er wird es nicht wieder tun. — Was hat er denn gesungen?"

„Die Kinder spielten unter meiner Aufsicht Haschen. Der Abzählreim, den ich ihnen vorsagte, gefiel ihnen nicht. Karlchen wußte einen anderen. — Oh, es war empörend!"

Doktor Gregor schmunzelte. „Was hat er denn gesagt?"

„Sie können nicht verlangen, Herr Doktor, daß ich solche Verse wiederhole."

In diesem Augenblick ertönte nebenan im Schlafzimmer lautes Gekicher.

Der Vater erhob sich. „Da die Kinder noch nicht schlafen, will ich den Missetäter sogleich verhören und zurechtweisen."

„Herr Doktor — darf ich mir erlauben, darauf aufmerksam zu machen, daß es nicht richtig ist, wenn Karl vor seinen jüngeren Brüdern die Worte wiederholt?"

„Gewiß, ich rufe ihn hier herein."

„Im Nachthemd?"

„Gewiß, Frau Oberin! Warum denn nicht?"

Karl wurde gerufen. Doktor Gregor setzte ihn auf seine Knie. „Frau Oberin beklagt sich über dich, mein Junge. — Was hast du heute, als ihr Haschen spieltet, für einen Abzählvers gesagt?"

Der Knabe überlegte ein Weilchen. Mit ihrer tiefen Stimme rief die Oberin dazwischen: „Ich meine jenen abscheulichen Vers, den ich dir verboten habe."

„Nun, Karlchen, sage ihn mir einmal."

„Bitte, Vati, die Frau Oberin hat ihn verboten. Ich darf ihn nicht noch einmal sagen, aber — er ist so ulkig!"

„Die Frau Oberin erlaubt es dir, daß du mir den Vers sagst, weil ich ihn hören will."

„Vati, ich sage ihn dir ganz leise, dann braucht die Frau Oberin den schrecklichen Vers nicht noch einmal zu hören."

„Das ist brav von dir, mein Junge, denn die Frau Oberin meint es gut mit euch. — Nun also los!"

Karlchen begann im Flüsterton:

„Auf dem Berge Sinai
saß der Schneider Kikeriki!
Seine Frau, die dumme Grete,
saß auf dem Balkon und nähte,
fiel herab, fiel herab
und — —"

„— das linke Bein war ab!“ ergänzte Doktor Gregor. „Kam der Doktor Pudelmann — —“

„Klebt’ das Bein mit Spucke an!“ jauchzte Karlchen.

„Oh —“ sagte die Oberin.

„Und weiter, Karlchen? Ich weiß nicht weiter.“

„Weiter geht es nicht, Vati, dann fängt es wieder von vorne an.“

„So, mein Junge, nun geh und lege dich wieder schlafen. Mache der guten Frau Oberin eine Verbeugung und sorge dafür, daß es im Schlafzimmer ruhig wird. Du bist der Älteste, du mußt für Ruhe sorgen.“

Karlchen machte der Oberin eine tiefe Verbeugung, lief ins Schlafzimmer, und Doktor Gregor hörte seine laute Stimme: „Ich bin der Älteste, bitte, jetzt seid ihr still!“

Ein Weilchen schwieg Doktor Gregor. Er konnte nicht begreifen, daß die Oberin diesen harmlosen altbekannten Abzählvers so scheußlich fand. Als sie ihn fragend ansah, sagte er lachend:

„Mit dem Vers habe ich als Kind auch schon abgezählt, Frau Oberin. Ich finde ihn nicht so schlimm.“

„Er ist nicht gerade schön!“

„Aber durchaus harmlos! Ich sagte Ihnen schon, Frau Oberin, unsere Kinder sind gern übermütig.

Jedenfalls bin ich Ihnen außerordentlich dankbar für Ihre treue Fürsorge. Ich kann die Knaben beruhigt Ihnen überlassen, und meine Frau ist bei dem Gedanken sehr glücklich, ohne Sorgen ihre Kur beenden zu können. Ich weiß, es ist nicht leicht, die drei Rangen zu behüten, aber Sie haben es bisher trefflich fertiggebracht, und es wird auch weiter so gehen. Außerdem haben Sie meinen beiden Ältesten das Bitte- und Dankeschön überraschend schnell beigebracht. Meine Frau wird sich sehr darüber freuen.“

„Ich fürchte mitunter, daß ich ein wenig zu nachsichtig bin, Herr Doktor. Aber es war Ihr Wunsch, die Zügel hier etwas lockerer zu lassen, als ich das bisher aus den Anstalten gewöhnt bin."

„Wenn ich Sie um etwas bitten darf, beste Frau Oberin, so ist es das, den Kindern ihre unschuldigen Freuden nicht zu nehmen. Meine Eltern richteten sich stets nach dem Wort eines alten Pädagogen. Meine Mutter sagte mir oftmals, ich solle es ebenso halten."

„Was sagte jener Pädagoge? Ich bin sehr dankbar und sehr empfänglich für derartige Anregungen."

„Er sagte: ‚Stört die Freude des Kindes nicht, es ist nichts leichter, als einem Kinde Freude zu machen, aber auch nichts leichter, als dieselbe zu unterbrechen und zu zerstören. Das Kind hat nichts als sein kleines, ungeschütztes Herz, das wir so leicht erheben, aber auch leicht zu Boden schlagen können. Man lege sich stets die Frage vor: was hat man einem Kinde als Ersatz zu bieten für eine verdorbene Freude oder gar für eine durch Irrtum und Eigensinn entblätterte, verdunkelte und vertrauerte Jugend'."

„Wollen Sie damit sagen, Herr Doktor, daß ich den Kindern zu viele Freuden nehme?"

Doktor Gregor ergriff ihre Hand. „Nein, Frau Oberin, Ihre Erziehungsmaßnahmen sind andere als die meinen und die meiner Frau. Ich mache Ihnen keinen Vorwurf. Sie wollen bestimmt das Beste, und die Zeit, die Sie in meinem Hause weilen, wird sicher nicht nutzlos sein. Ich wollte nur noch einmal daran erinnern, daß meine Jungen eben keine Anstaltszöglinge sind, sondern gut veranlagte, aber wilde Kinder, die man aufschießen lassen soll, nur muß man auch gut darauf achten, daß die Bäumchen gerade wachsen."

Als die Oberin eine halbe Stunde später ihr Zimmer betrat, dachte sie noch lange über die Unterhaltung mit Herrn Doktor Gregor nach. Gewiß, man hatte ihr in der letzten Stellung bereits zu verstehen gegeben, daß ihre Erziehungsmethode nicht mehr zeitgemäß sei, aber es war ihr leider unmöglich, sich umzustellen. Jedenfalls würde sie auch in diesem Hause treu und gewissenhaft die übernommenen Pflichten erfüllen, die drei Kinder behüten und gut erziehen.

Bereits am nächsten Morgen wurde eine neue Maßnahme der Oberin von den drei Knaben mißverstanden.

„Was du heute kannst besorgen, das verschiebe nicht auf morgen!" hatte sie Karlchen geraten, als er eine Schulaufgabe, die erst für einige Tage später aufgegeben war, nicht gleich machen wollte. Ihm gefiel dieser Vers gut, er wurde gleich an die Brüder weitergegeben. Am späten Nachmittag bemerkte die Oberin, daß die drei Knaben einen kläglichen Eindruck machten.

„Fehlt euch etwas?"

„Mir tut der Bauch weh", sagte Karl.

„Der Leib, Karl!"

„Nein, Frau Oberin, es ist der Bauch."

„Mir tut der Bauch auch weh!" sagte Peter.

„Was habt ihr denn gegessen? Ihr seid heute nachmittag allein im Garten gewesen."

„Ja, wir waren im Garten. — Dort hat Wilhelm die Pflaumen abgepflückt. Tante Waltraut hat erlaubt, wir dürfen jeden Tag das kleine Körbchen voll aufessen. Da haben wir auch die für morgen gleich mit aufgegessen, um es nicht zu verschieben."

„Wieviel Pflaumen habt ihr gegessen?"

„Siebenmal den kleinen Korb leer, Frau Oberin. Sie haben gesagt: Was man heute kann besorgen, soll man nicht verschieben auf morgen. Da haben wir noch mehr gegessen."

Rudi weinte und klagte besonders.

„Armes Kind, du hast Leibschmerzen."

„Nein, Bauchschmerzen", beharrte der Junge.

„Das hier ist der Leib — —"

„Wo ist denn dann der Bauch?"

Die Oberin zog es vor, hinaus in die Küche zu gehen und für Rudi einen Tee zu bereiten. Glücklicherweise dauerte die Unpäßlichkeit nicht lange. Schon am nächsten Tage war alles wieder in Ordnung.

„Trotzdem bleibst du bei mir im Zimmer, Rudolf, damit ich dich unter Aufsicht habe. Du wirst mich auch begleiten, wenn ich hinauf auf den Hausboden gehe, um den Schrank mit euren Wintersachen nachzusehen."

Die Oberin hatte sich vorgenommen, während ihrer Anwesenheit im Doktorhause auch dafür zu sorgen, daß in der heißen Sommerzeit keine Motten in die Winterkleidung kämen. Daher hatte sie Emilie beauftragt, Mottenkugeln aus der Apotheke zu besorgen, um sie in die Schränke mit den Wintersachen zu legen. Als Peter hörte, daß es hinauf auf den Hausboden ginge, lief er sogleich mit. Auf dem Boden standen so schöne Körbe, die herrlich knisterten, wenn man sich daraufsetzte.

Nun schauten die beiden Knaben aufmerksam der Frau Oberin zu, wie sie aus einer Tüte weiße Kugeln nahm, um sie in den Schrank zu legen und einige davon in die Taschen der Mäntel und Winteranzüge zu stecken.

„Murmeln mit Gestank", flüsterte Peter. „Wenn sie Murmeln hat, warum spielt sie nicht Murmeln mit uns?"

Rudi war an den Schrank getreten; er wollte durchaus eine Murmel mit Gestank haben.

„Spielen Sie heute mit uns, Frau Oberin?"

„Gewiß, Peter."

„Ich weiß was Feines, Frau Oberin — wir spielen Murmeln."

„Murmeln, mein liebes Kind?"

„Spielen Sie nicht mit Murmeln? Es macht viel mehr Spaß, wenn man viele hat."

Die Oberin ließ sich in ihrer Arbeit nicht stören. Als Emilie schließlich nach ihr rief und sie für kurze Zeit vom Boden holte, gingen die Kinder an die Anzüge und sammelten sorgfältig die Mottenkugeln wieder aus den Taschen heraus. Dann stürmten sie zu Karl hinunter, der gewissenhaft seine Schularbeiten machte.

„Sie hat viele Murmeln mit Gestank! Heute spielt sie mit uns! — Guck mal!"

Karl war gleichfalls begeistert. Die anderen Murmeln wurden geholt und alle redlich geteilt. Peter beroch seine Hände. „Hu, wie das stinkt! Es kitzelt in der Nase!"

„Darf man daran lecken?" fragte Rudi.

„Nein, Vati hat gesagt, wir sollen nicht an Sachen lekken, die wir nicht kennen."

„Ich bin krank geworden", stimmte Peter dem älteren Bruder zu, „weil ich das Eis von der Drecktonne abgeleckt habe. — Nein, du darfst nicht an den Kugeln lecken."

Am Nachmittag wurde die Oberin von den Kindern bestürmt, unten im Garten Löcher zu machen und mit den Murmeln zu spielen.

„Bitte, bringen Sie Ihre Murmeln auch mit", sagte Peter.

„Ich habe keine, liebe Kinder, ihr müßt mir einige leihen."

„Sie ist geizig", flüsterte Peter dem Bruder zu, „sie will ihre Murmeln mit Gestank behalten."

Die Oberin bekam richtige Murmeln, die Mottenkugeln aber behielten die Kinder für sich. Als zum ersten Male die Mottenkugeln über den Kies rollten, rief die Oberin: „Was ist das?"

„Murmeln mit Gestank!“ schrien alle drei Knaben gleichzeitig.

Ein Verhör begann, und dann gab es wieder einen Verweis, der mit den Worten schloß: „Ich bin tief betrübt.“

„Ja“, sagte Rudi treuherzig, „das wissen wir schon. Der Rudi ist auch betrübt.“

Die Oberin wandte sich an Karl. „Was hast du für deine Unart verdient, Karl?“

„Bitte“, sagte er ernsthaft, „was habe ich denn getan, Frau Oberin?“

„Ich sollte dich bestrafen, Karl.“

„Bitte“, sagte er kläglich. Dann hielt es Karl aber doch für ratsam, davonzulaufen. Auf der Hausschwelle hielt er an. Dort lag etwas Schwarzes, das er noch nie gesehen hatte. Es war eine schwarze schmale Papphülle, die sich öffnen ließ. Lange betrachtete Karlchen das seltsame Stück. Das war etwas Feines, das er brauchen konnte. Was konnte er da nicht alles hineinstecken. Daß es das Futteral für die Brille der Frau Oberin war, ahnte er freilich nicht. Es war ein ganz altmodisches Ding, wie es früher die alten Leute hatten. Er hatte es bisher noch nie bei ihr gesehen. Am Abend wurde der kostbare Fund dem Bruder Peter gezeigt. Er wollte durchaus die eine Hälfte haben.

„Nun brauchen wir nicht aus den Händen zu trinken, wenn wir Durst haben. Das ist ein feiner Becher!“

Am anderen Morgen wurde versucht, daraus zu trinken. In der Küche stand ein Eimer mit Wasser, und da Emilie gerade nicht in der Küche war, schöpften die beiden Knaben Wasser in die Futteralhälften und tranken daraus. Dann rief sie die Oberin an den Kaffeetisch. Gar zu gern hätten sie die Milch auch daraus getrunken, aber die Kinder wußten schon im voraus, daß man ihnen so etwas nicht erlauben würde. Sie ließen aber beide einen kleinen Rest in ihren Tassen, und als sie vom Tisch aufstanden, goß jeder ganz heimlich etwas Milch in seinen schönen, schwarzen, schmalen Becher.

„Ob man sie wieder zusammenmachen kann?" fragte Peter.

Auch das wurde versucht. Die Milch tropfte zwar heraus, aber wenn sie den Behälter geradehielten, blieb doch eine ziemliche Menge darin. Dann trug Karlchen das Brillenfutteral vorsichtig durch den Korridor, um Tante Waltraut zu suchen und ihr das neue Trinkgefäß zu zeigen. Gerade wollte er in den großen Flur der Klinik gehen, als die Oberin vor ihm stand.

„Endlich!" rief sie erfreut, „wie habe ich es gesucht! Ich danke dir, Karl." Schon hatte sie dem verdutzt dreinschauenden Knaben das Futteral aus der Hand genommen. Sie öffnete es hastig und goß sich dabei den Inhalt über das schwarze Kleid.

„Was ist denn das?" schalt sie ärgerlich.

„Milch, Frau Oberin."

„Welch eine Unart! Ich bin tief betrübt! Ich habe lange mit dir Nachsicht gehabt, Karl, aber das geht zu weit. Das ist kein Scherz mehr, das ist bösartig! — Ich bin tief betrübt. Ich werde es deinem Vater melden. — Die Strafe soll nicht ausbleiben."

„Ich habe das Ding doch auf der Treppe — —"

„Du schweigst, Karl Gregor! Wie oft soll ich dir sagen, daß Kinder nicht widersprechen dürfen. Ich melde es deinem Vater. — Das geht zu weit!"

Sie berichtete es Herrn Doktor Gregor, denn die Oberin war auf das höchste darüber entrüstet, daß die Knaben absichtlich ihre Brillenfutteral verdorben hatten. — Karl wurde gerufen. Treuherzig erzählte er den Vorgang und wartete auf die Strafe, aber der Vater sagte ihm nur, daß er gefundene Gegenstände erst jemandem zeigen müsse, ehe er sie sich aneignete. Aus den Worten seines

Knaben hatte er entnommen, daß keine böse Absicht vorlag und daß Karl der Frau Oberin keinen Schabernack spielen wollte. Daher bekam er keine Strafe. Freilich mußte er sich entschuldigen. Doktor Gregor besorgte auch ein neues Futteral, da das alte unbrauchbar geworden war.

MUTTI KOMMT ZURÜCK

Jeden Morgen pflegte die Oberin durch die Zimmer der Wohnung zu gehen, um sorgfältig den Staub von den Möbeln zu wischen, um sämtliche Blumenvasen mit neuem Wasser zu füllen und überall nach dem Rechten zu sehen. Sie war umsichtig und fleißig und legte, wenn es nötig war, sogar beim Kehren und Aufwaschen selber mit Hand an. Sie nahm Emilie manche Arbeiten ab, denn sie hielt es für ihre Pflicht, überall mit einzuspringen. Ihre Hauptaufmerksamkeit galt allerdings den drei Knaben, die sie nur ungern für längere Zeit aus den Augen ließ. Sie hatte es daher so eingerichtet, daß Peter und Rudi an den Vormittagen an ihrer Seite blieben. Karl ging wieder in die Schule, denn die Ferien waren zu Ende, und den beiden Kleinsten teilte die Oberin kleine Pflichten zu. Sie halfen auch gerne. Da ihnen die Frau Oberin erzählt hatte, daß die Mutti, wenn sie heimkäme, sich nicht auf verstaubte Stühle setzen könne, wischten die Knaben täglich mit Feuereifer die Stühle ab, während die Frau Oberin die anderen Möbel vornahm. Als Doktor Gregor einmal die drei mit den Staubtüchern in den Händen antraf, lachte er herzlich, meinte aber, es schade gar nichts, wenn die Knaben von früh auf an zweckmäßige Tätigkeit gewöhnt würden.

So ging die staubwischende Kolonne täglich von einem Zimmer in das andere. Anfangs erzählte die Frau Oberin den Knaben hin und wieder ein Märchen, sie wurde jedoch sehr oft von den Kindern unterbrochen, denn immer hieß es:

„Bitte, Frau Oberin, das war anders!"

Wenn sie die Knaben fragte, wie es denn wäre, erzählten die beiden wortgetreu das Märchen so wieder, wie sie es von der Mutti gehört hatten. Da Pucki die Märchen wohl zwanzigmal und mehr den Kindern erzählen mußte, kannten sie jedes Wort für Wort und verbesserten jede andere Ausdrucksweise.

Die Oberin hielt es daher für richtiger, während der Morgenarbeit nützliche Hinweise zu geben. Wenn eines der Kinder tags zuvor eine Unart oder auch nur einen kleinen Fehler begangen hatte, so wurden am anderen

Morgen Ermahnungen daran geknüpft. So auch heute. Karl und Peter waren gestern abend noch hinaus auf die Straße gelaufen; sie kamen zwar sofort wieder ins Haus zurück, aber trotzdem hielt es die Oberin für falsch, daß Kinder bei Dunkelwerden noch auf der Straße waren.

„Ich bin vor wenigen Tagen am späten Abend vom Markt nach Hause gekommen“, sagte sie. „Es war ein unfreundliches Wetter. Auf einmal kommt ein Mann mit schnellen Schritten hinter mir her. Immer schneller wurde sein Gang. Oh, wie bin ich da gelaufen!“

„Ganz toll?“

„Ja, schnell und immer schneller, Peter.“

„Muß das aber Spaß gemacht haben! — Hat er Sie eingekriegt, Frau Oberin?“

„Wie meinst du das, Peter?“

„Nu, Sie sind doch vor ihm hergerannt!“

„Aber Peter — ich hatte Angst!“

„Vor dem Manne? — Was hat er denn gemacht? — War es ein böser Mann?“

„Man kann das niemals wissen. — Ich wollte nur damit sagen, daß man abends nicht mehr hinaus auf die Straße gehen soll.“

„Warum sind Sie denn gegangen, Frau Oberin, wenn man nicht darf?“

„Erwachsene dürfen abends hinausgehen, nur Kinder müssen im Hause bleiben. — Und nun wollen wir weiter wandern. Jetzt gehen wir hinüber ins Wohnzimmer, um Staub zu wischen.“

Vom Wohnzimmer ging es ins Schlafzimmer der Eltern.
„Wann kommt die Mutti?“ fragte Rudi.

„Noch viermal schlafen“, schrie Peter, „nur noch viermal, dann ist sie endlich wieder da! — Ich möchte viermal nacheinander schlafen, damit sie schnell wieder da ist.“

„Freust du dich wirklich so auf die Mama?“ fragte die Oberin.

„Oh, ich bin ganz voll vor Freude!“ antwortete Rudi glücklich.

Die Oberin verließ das Zimmer, um eine Vase mit neuem Wasser zu füllen. Ein sehnsüchtiger Ausdruck trat in Peters Augen, als er den Nachttisch am Bett der Mutter sah. Dort stand der Schrank, in dem ihre Kleider hingen und in dem es immer so schön nach Rosen roch. Die Mutti hatte ihnen einmal gezeigt, daß sie im Schrank ein kleines Kissen hängen hatte, das nach Rosen roch. Nun rochen alle ihre Kleider auch nach Rosen. Karl hatte gesagt, das sei ganz richtig so, denn die Mutti wäre auch eine schöne Rose.

„Nur noch viermal schlafen, dann ist sie wieder hier!“

„Wenn doch die Mutti erst da wäre!“

Die Oberin betrat wieder das Zimmer und tadelte, daß die Knaben noch nicht mit ihrer Arbeit begonnen hätten.

Endlich war auch dieses Zimmer fertig.

„So, nun geht hinüber in euer Zimmer und spielt wie alle Tage miteinander. Ich bin in der Küche und werde öfters herüberkommen, um zu sehen, ob ihr brav seid.“

Als die Oberin nach einer Viertelstunde ins Kinderzimmer kam, fand sie die Knaben artig beim Spielen. Dann gab es in der Küche viel zu tun, und außerdem kam Besuch, den die Oberin abfertigen mußte. So war über eine halbe Stunde vergangen, bis sie wieder nach den Knaben sehen konnte.

Das Kinderzimmer war jetzt leer. Unordentlich lagen die Spielsachen auf der Erde. „Ich bin tief betrübt“, klagte sie. „Peter — Rudolf — kommt zu mir, räumt eure Spielsachen in den Spielschrank.“

Kein Laut war zu hören. Die Oberin schritt durch die Zimmer, aber von den beiden Knaben war nichts zu sehen. Sie ging hinaus auf die Terrasse, rief erneut ihre Namen, dann lief sie hinunter in den Garten — immer ängstlicher wurde ihr ums Herz. Nun hoffte sie, die Kinder in einem Krankenzimmer zu finden. Sie fragte Schwester Waltraut.

„Ich habe die beiden nicht gesehen, Frau Oberin, ich werde aber sofort durch die Klinik gehen."

Auch hier war nichts von den Kindern zu entdecken. Auf den Wangen der Oberin brannten vor Aufregung zwei rote Flecke. Immer wieder rief sie die Namen der beiden Knaben, aber nicht mehr so strenge wie bisher. Bittend, fast flehend klang ihre Stimme jetzt.

Doktor Gregor war nicht im Hause. Dafür beteiligte sich Waltraut an dem Suchen. Sie eilte hinaus auf die Straße, ging nach Rahnsburg hinein und fragte überall, ob man die Knaben gesehen hätte.

Die Oberin wollte das Mittagessen richten, aber Emilie schickte sie aus der Küche, als sie sah, daß die alte Dame sich vor Aufregung kaum noch auf den Füßen halten konnte. Karlchen kam aus der Schule und wurde sofort mit Fragen bestürmt.

„Karl, hast du deine Brüder irgendwo gesehen?"

„Nein, Frau Oberin, bitte!"

„Sie sind verschwunden — —"

„Oh", sagte er, „dann weiß ich, wo sie sind."

„Wo? Rede schnell, Karl Gregor!"

„Sie stecken sicher auf der Wiese."

„Karl!" schrie die Oberin erschreckt. Dann lief sie durch den Hausflur, hinaus auf die Straße und hin zum Nachbar Dreffensteg. Sie schrie ihm angsterfüllt ihre Befürchtungen zu und bat ihn, mit ihr nach dem Bach zu gehen.

Die beiden schritten den Bach entlang — nichts war zu sehen.

„Die kommen nicht mehr auf meine Wiese", sagte Bauer Dreffensteg, „die haben zu große Angst!"

Wieder ertönte das Rufen über die stille Straße, durch den Garten der Klinik und durch das Doktorhaus. Doktor Gregor, der soeben von Krankenbesuchen zurückkehrte, traf mit der völlig verstörten Oberin im Hausflur zusammen.

„Ich finde sie nicht, ich habe sie aus den Augen gelassen. — Ich habe meine übernommenen Pflichten versäumt."

„Aber beste Frau Oberin, nicht diese Aufregung! Die Kinder sind bestimmt irgendwo in Rahnsburg. Wir wollen noch ein Weilchen warten. Sie werden schon wieder kommen."

„Das sagen Sie so ruhig, Herr Doktor?"

„Karl ist schon dreimal ausgerückt. Aber ich will selbst einmal auf den Hausboden hinaufgehen. Vielleicht sitzen sie dort oben und spielen."

Er durchsuchte den Boden, stieg hinunter in den Keller, schritt durch die ganze Klinik: nichts war von den beiden Knaben zu entdecken.

„Sie sind gewiß in Rahnsburg." Er ging ins Schlafzimmer, um sich die Hände zu waschen und sich für das Mittagessen fertig zu machen. Beim Abtrocknen der Hände hob er lauschend den Kopf. — Was waren das für sonderbare Töne? Kamen sie aus Puckis Kleiderschrank? — Wieder lauschte er. Dann öffnete er behutsam die Schranktür. In der Ecke saß Rudi. Sein Köpfchen lehnte an einem Mantel der Mutti, der tief herabhing. Die Augen des Kindes waren geschlossen, das Mäulchen weit geöffnet — so schlief der Kleine einen seligen Kinderschlaf. — Und in der anderen Schrankecke schlummerte Peter. Ihm hing eines von Puckis Kleidern über das Gesicht. Er war es auch, der so kräftig schnarchte. Auf beiden Gesichtern lag selige Verklärtheit.

Eine Weile betrachtete Doktor Gregor seine beiden Söhne. Er konnte ihnen nicht zürnen, er wußte ja, die Kinder baten ihn jeden Morgen, sie an Muttis Kleiderschrank zu führen. Jeden Morgen wurde der Schrank geöffnet, und die Kinder streichelten die Kleider der Mutti und sagten immer wieder:

„Mutti, bitte, komm recht bald wieder zurück!"

Hatte sie die Sehnsucht in den Schrank getrieben? Hatten sie an die ferne Mutti gedacht und waren dann eingeschlafen?

Leise verließ Doktor Gregor das Schlafzimmer. Wieder hörte er die Oberin verängstigt rufen; ihre Stimme hatte kaum noch Klang.

„Sie sind da, die Kinder", rief er ihr zu.

„Wo? — Wo sind die unartigen Knaben?"

„Kommen Sie mit mir, Frau Oberin, Sie müssen sie sehen."

„Sie haben strenge Strafe verdient! Sie soll ihnen nicht geschenkt werden."

„Vielleicht doch, liebe Frau Oberin."

„Nein, Herr Doktor! — Ich bin tief betrübt, daß Sie glauben können, ich würde solch ein Vergehen nicht ahnden."

„Kommen Sie — aber bitte, recht leise."

Er führte die Oberin vor den geöffneten Schrank und zog Puckis Kleider zur Seite, damit sie die beiden schlummernden Knaben sehen konnte. Das strenge Gesicht der Frau Oberin wurde weich und immer weicher.

„Sehnsucht nach der Mutter", sagte er leise.

Lange blickte die Oberin auf die schlafenden Kinder. Dann wandte sie sich an Herrn Doktor Gregor: „Sie haben recht, Strafe ist hier nicht angebracht. Ich ahne, was in den Kinderherzen vorgeht. Seit sie wissen, daß ihre Mutter in wenigen Tagen wiederkommt, sind sie übervoll von Verlangen. Die kleinen Herzen können die Freude kaum noch bändigen. Ich kann das begreifen. Ich freue mich, Herr Doktor, daß so viel Gutes in Ihren Kindern schlummert!"

„Vielen Dank für diese Worte, Frau Oberin."

„Aber nun — schlägt die Mittagsstunde. Man muß Kinder zur Pünktlichkeit erziehen. Wir werden sie wecken."

„Gewiß, Frau Oberin."

„Ich lasse das Essen auftragen und bitte Sie, Herr Doktor, mit Ihren Söhnen in wenigen Minuten ins Eßzimmer zu kommen."

Doktor Gregor konnte ein Lächeln nicht unterdrücken. Stumm machte er der würdigen Dame eine Verbeugung. „Sehr gut, Frau Oberin, ich werde gleich mit meinen Söhnen kommen."

Die Oberin ging aus dem Zimmer. Da neigte sich Doktor Gregor nieder, nahm den schlafenden Rudi auf den Arm, legte ihn auf sein Bett und holte dann den zweiten Knaben aus dem Schrank.

„Mutti —" sagte er erwachend, und zwei Kinderarme schlangen sich um den Hals des Vaters. „Mutti — bist du wieder da?"

Nun war auch Rudi erwacht. Beide Knaben rieben sich die Augen und hörten erstaunt vom Vater, daß sie im Schrank eingeschlafen wären.

„Was wolltet ihr denn in Muttis Kleiderschrank?"

„Müssen wir jetzt noch dreimal oder viermal schlafen, ehe die Mutti kommt?"

„Es vergehen noch vier Tage, Peter. — Aber sagt einmal, was wolltet ihr denn im Schrank?"

„Vati, ganz nahe bei der Mutti sein, weil sie so weit weg ist!"

„In die Töff-Töff gesetzt und fortgefahren!" rief Rudi. „Vati, wir haben Lokomotive gespielt, um zur Mutti zu fahren. Dann — und dann — — dann weiß ich nicht mehr. Dann warst du da!"

„Geduldet euch noch kurze Zeit, dann kommt die liebe Mutti. Aber bis dahin müßt ihr noch sehr artig sein."

Karl war der einzige, der die Brüder auszankte. Von der Oberin erhielten sie dieses Mal keinen Vorwurf. — —

Je näher der Tag der Ankunft der Mutti kam, um so öfter fragten sie: „Wann kommt die Mutti?"

„Morgen!"

Jubelschreie erfüllten daraufhin das Kinderzimmer.

„Ich bitte um Ruhe! Wir werden heute nachmittag für die liebe Mama eine Laubgirlande winden, die wir morgen an der Tür befestigen. Wir werden ebenfalls heute nachmittag für die liebe Mama Blümchen pflücken, denn in jedem Zimmer soll ein Blumenstrauß stehen, den ihr selbst gepflückt habt. Und du, Karl, lernst zum Empfang der lieben Mama ein kleines Gedicht, das ich selber gedichtet habe. Die liebe Mama wird sich außerordentlich darüber freuen."

„Fein — Blumen für die Mutti!"

„Und eine Girlande —!"

„Oh, ich will das Gedicht schon lernen!" sagte Karl stolz.

So riefen die Kinder durcheinander, und die Aufregung wuchs von Stunde zu Stunde. Trotz ihrer Ungeduld waren die Knaben aber sehr brav.

„Bitte, Frau Oberin, was soll ich lernen?"

„Karl, ich werde dir Zeile für Zeile vorsprechen, und du wirst die Worte nachsagen. — Also, gib gut acht!"

Die drei Kinder hörten aufmerksam zu. Karl stand vor der Oberin. Sie begann:

„Jubelhymnen lasset schallen
zum Empfang vom Mütterlein,
Dankeszähren laßt mich weinen,

neu erquicket kehrst du heim.
Laß dich frohgemut begrüßen,
schau der Deinen frohe Schar,
die dir bringt mit Enthusiasmus
ehrfürchtig die Grüße dar."

Karlchen machte ein merkwürdiges Gesicht und blickte die Oberin verlegen an.

„So, mein Kind, nun wollen wir beginnen: Jubelhymnen lasset schallen — —. Sage die Zeile nach."

„Jubelhimmel lasset schallen —"

„Hymnen, mein Kind. Hymnen sind festliche Gesänge. — Also noch einmal: Jubelhymnen lasset schallen —"

„Jubelhymm — himm — — Jubel —"

Die Oberin begann von neuem. Wort für Wort wurde Karlchen eingetrichtert und Erklärungen zu jedem Wort gegeben, das ihm fremd war. Aber nicht nur Karlchen lernte emsig, auch Peter und Rudi flüsterten das Gedicht leise mit. Peter beschloß im stillen, der Mutti gleich beim Empfang das schöne Gedicht zuzurufen. Karl konnte es später noch einmal sagen.

Nach dem Kaffeetrinken machten sich die Knaben zum Ausgehen fertig, um mit der Frau Oberin Blumen für die Mutti zu holen.

„Wir brauchen nur in den Garten zu gehen, dort rupfen wir alles ab."

„Nein, Peter, kein Blümchen im Garten wird angetastet. Wir holen sie von der Wiese."

„Bitte, nein, Frau Oberin!"

„Karlchen, ich bin sehr betrübt, von dir einen Widerspruch zu hören. Wir holen Wiesenblumen, die deine Mutter sehr liebt."

„Bitte, Frau Oberin, darf ich etwas sagen?"

„Jetzt rede ich, Karl. Wir gehen zum Bach. Noch blühen dort die schönen Bachvergißmeinnicht. Wir winden daraus ein Kränzlein; das legen wir auf einen Teller, den wir mit frischem Wasser füllen. Dann blühen die Blümelein immer weiter, und die Mama hat noch wochenlang ihre Freude daran. Also auf, zur Wiese und zum Bach!"

Die Knaben rührten sich nicht. Einer hatte den anderen an der Hand gefaßt. Die drei standen wie eine Mauer.

„Nun, so laßt uns gehen!"

„Darf ich nun was sagen, Frau Oberin, bitte?"

„Bitte, Karl, jetzt darfst du reden."

„Wir dürfen nicht mehr auf die Wiese, wir dürfen auch nicht mehr an den Bach. Der Vati hat es uns streng verboten, weil sonst der Rudi wieder hineinfällt."

„Ich werde euch auf die Wiese führen."

„Nein, Frau Oberin, wir dürfen nicht auf die Wiese!"

„Peter —"

„Nein, wir dürfen wirklich nicht, Frau Oberin! Der Vati hat es gesagt! Wir bekommen furchtbar Schläge, wenn wir wieder auf die Wiese gehen. Wir rupfen lieber Blumen aus dem Garten."

„Aha, jetzt verstehe ich. — Wir werden natürlich die Wiese des Bauern Dreffensteg nicht betreten, denn dazu haben wir keine Berechtigung. Aber es gibt andere Wiesen, die man betreten darf und auf denen die herrlichsten Blümlein wachsen. — Gut, wir werden auch den Bach meiden. — Ihr werdet keine Strafe zu erwarten haben, denn die Wiese, zu der ich euch geleite, ist ungefährlich und zum Betreten freigegeben."

„Wollen wir nicht lieber erst den Vati fragen?"

„Wenn du meinen Worten nicht glauben willst, Peter, bleibst du zu Hause."

„Nein, nein", rief er schnell, „ich will auch für die Mutti Blumen holen!"

Sie holten nun die Blumen. Die Oberin mußte schließlich Einhalt gebieten, denn immer noch war es den Kindern nicht genug, immer wieder jauchzten sie: „Morgen kommt die Mutti!“

Sie saßen später wie die Mäuschen um die Frau Oberin herum und reichten ihr die Blätter zu, die zum Binden der Girlande nötig waren. Alle waren sehr eifrig und emsig bei der Sache, und es wurde kaum ein Wort gesprochen. Die Oberin ließ ihre grauen Augen zärtlich über die Kleinen hinweggehen. Endlich fragte sie:

„Kannst du auch dein Gedicht, Karl?“

Er mußte es nochmals aufsagen, stotterte daran herum, versprach sich sehr oft, wurde aufs neue verbessert, wiederholte aber willig die Zeilen, die er zum Empfang der Mutter hersagen sollte.

In der nächsten Nacht fuhr Doktor Gregor aus dem Schlafe auf. Ein Schrei hatte ihn geweckt. Er kam aus dem Kinderzimmer. Sofort ging er hinüber. Da saß Peter in seinem Bettchen.

„Vati, ach Vati!“

„Hast du geschrien, Peterli?“

„Ja, Vati. — Jetzt habe ich geschlafen, und nun brauche ich nicht mehr zu schlafen, bis die Mutti kommt. — Vati, ich bin so voll Freude.“ Dabei wies er mit der Hand bis zum Hals hinauf. „Da mußte ich mal schreien.“

„Ich bin auch ganz voll von Freude“, klang es aus Rudis Bett.

Da richtete sich auch Karlchen auf und rieb sich die Augen. „Dankeszähren laßt mich weinen — neu erquicket kehrst du heim.“

„Karlchen, was sagst du da? Träumst du? Was redest du für Unsinn?“

„Vati“, rief Peter, „hör mal: Jubelhimmel lasset schallen —“

„Das ist mein Gedicht“, schrie Karlchen.

„Aber Kinder, es ist mitten in der Nacht, ihr müßt noch schlafen!“

„Vati, ich kann nicht. Ich bin so voll Freude!“

„Freilich, Peterli, ich auch.“

„Vati, dürfen wir nicht schon aufstehen?“

„Nein, jetzt wird weiter geschlafen, sonst ärgert sich die liebe Mutti, wenn sie morgen heimkommt. Sie will Kinder sehen, die gut ausgeschlafen haben.“

Gehorsam legten sich alle drei Kinder wieder nieder. Aber plötzlich ertönte es aus Peters Bettchen: „Dackelzähne laß mich weinen, neu quiekest du heim.“

„Peter, das ist mein Gedicht“, rief Karl. „Der Vati soll es nicht wissen!“

„Kinder, jetzt wird geschlafen! Ich will kein Wort mehr hören.“

Nach einer Viertelstunde ging Doktor Gregor nochmals ins Zimmer seiner Kinder. Er trat leise an jedes der Bettchen. Alle schliefen, nur die Lippen seines Ältesten bewegten sich. Vorsichtig beugte er sich zu ihm nieder und horchte.

„Jugelhimmel lasset schallen — — Jugelhimmel lasset schallen —“ hörte er.

„Armer Junge“, sagte Doktor Gregor, „was hat man dir nur da eingerichtet!“

PUCKIS HEIMKEHR

Doktor Gregor hatte es abgelehnt, seine Kinder im Auto mit nach dem Bahnhof zu nehmen, um seine Frau abzuholen. Er fürchtete den Lärm, den die drei anstellen würden, wenn die heißersehnte Mutti aus dem Zug stieg. Sie sollten zu Hause bleiben und bekamen, während sein Auto schon vor der Tür stand, vor der Abfahrt zum Bahnhof noch einmal vom Vater Verhaltungsmaßregeln.

„Wer mein Verbot übertritt", sagte Doktor Gregor warnend, „den sperre ich den ganzen Tag ein. Er darf die Mutti dann erst am Abend sehen. — Also noch einmal: Ihr bleibt am Hauseingang stehen und rennt nicht dem vorfahrenden Wagen entgegen. Ihr haltet die beiden Säulen an der Tür fest und könnt dabei aus Leibeskräften schreien, wenn die Mutti aus dem Wagen steigt: ‚Hurra, unsere liebe Mutti ist wieder da!' — Dann wartet ihr, bis die Mutti ausgestiegen und die Stufen heraufgekommen ist. Die Säulen laßt ihr nicht los. — Verstanden?"

„Vati — dürfen wir aber wie die Löwen brüllen, wenn die Mutti ankommt?"

„Karl", mahnte die Oberin.

„Ja", lachte der Vater, „ihr dürft noch lauter als die Löwen brüllen, aber an den Säulen müßt ihr stehenbleiben und nicht in den vorfahrenden Wagen laufen und die Mutti auch nicht auf der Treppe umreißen."

„Dann schreie ich, bis ich platze!"

Die Knaben schrien schon, als der Vater zum Bahnhof fuhr. Sie standen an den Säulen wie festgebunden, und alle Ermahnungen der Oberin fruchteten heute nichts.

„Es dauert noch eine halbe Stunde, ehe die Mama hier sein kann," sagte die Frau Oberin, um die Kinder zu beruhigen.

„Bitte, Frau Oberin, erlauben Sie, daß wir hier warten."

„Ihr habt eures Vaters Ermahnungen gehört."

Die drei Kinder stellten sich fest an die Säulen. Karl nickte mit dem Kopf. „Wir bleiben hier stehen. Bitte, Frau Oberin, könnten Sie mir vielleicht etwas Watte bringen?"

„Watte? — Wozu brauchst du Watte?"

„Bitte, wir wollen doch nachher recht großen Krach

machen, da möchte ich mir Watte in die Ohren stopfen, weil der Peter neben mir furchtbar schreien wird."

„Der Peter wird sich maßvoll betragen."

„Ich schreie wie ein Löwe, Frau Oberin," schrie Peter.

„Ich will hoffen, daß ihr der lieben Mama bei ihrer Rückkehr Freude bereitet. Ich wäre tief betrübt, wenn es anders wäre."

Da standen die Knaben nun an den Säulen und warteten. Karlchens Lippen bewegten sich. Leise murmelte er: „Jubelhimmel lasset schallen, zum Empfang vom Mütterlein."

Wenn ein Wagen auf der Straße zu hören war, kam Erregung in die drei Kinder, und um so fester hielten sie sich an den Säulen. Wagen auf Wagen fuhr am Doktorhause vorüber. — Endlich eine Hupe:

„Das Auto — das Auto!" Nur sekundenlang schien es, als wollten die Kinder die Säulen verlassen, aber dann standen die drei Knaben wieder regungslos da. Im nächsten Augenblick setzte ein ohrenbetäubender Lärm ein: „Hurra — unsere liebe — liebe — liebe Mutti ist wieder da!" Sie schrien, bis sie krebsrot im Gesicht waren, sie schrien noch, als die Mutti die Stufen emporgeschritten kam und beide Arme weit ausbreitete.

„Jetzt könnt ihr loslassen!" übertönte die Stimme des Vaters den Lärm der Kinder. Dann hingen alle drei der geliebten Mutti am Halse. Der Jubel schien kein Ende nehmen zu wollen. Ein Knabe stieß den anderen beiseite, immer wieder drängten sie sich an die Mutti heran.

„Mutti — Mutti — Jubelhimmel lasset schallen —"

Pucki hatte Mühe, ins Haus zu kommen. Die Oberin ermahnte die Kinder vergeblich, doch auch die heimkehrende Großmama zu begrüßen, aber Frau Sandler wehrte lächelnd ab:

„Mich finden sie nachher auch noch. Lassen Sie die Kinder nur ruhig gewähren, die Wiedersehensfreude will sich austoben."

„Deinen Nerven mutet man am Anfang gleich ordentlich etwas zu", lachte Claus, denn das Geschrei der Knaben hörte noch immer nicht auf. Es gab ja so viel zu erzählen.

„Mutti, ich will dir was sagen! — Mutti, setz dich hin, ich weiß ein Gedicht!" schrie Peter.

Karlchen stieß den vordringenden Peter heftig zur Seite. „Ich sage das Gedicht auf! — Mutti, ich habe ein Gedicht für dich gelernt."

Aber Peter ließ sich nicht halten:

„Mutti — Jubelhimmel lasset schallen,
zu dem Fang vom Mütterlein,
Dackelzähne laßt mich weinen — —"

„Du gehst fort", rief Karl. „Das ist ja alles Quatsch, was der Peter sagt, Mutti!"

„Mutti — Zähne laß mich weinen — es quieket, kehrst du heim", schrie Peter.

„Mutti — ich hab' das Gedicht doch gelernt!" Karl puffte Peter in die Seite.

„Wenn Karl ein Gedicht gelernt hat, sagt er es auch auf", befahl der Vater und nahm den stürmischen Peter auf den Arm. „So, Karlchen, nun sage der Mutti dein Gedicht auf."

Karlchen stellte sich in strammer Haltung vor die Mutter, dann begann er ernsthaft:

„Jubelhimmel lasset schallen,
zum Empfang vom Mütterlein,
Dankeszähne laß mich weinen,
neu er — neu er — neu quicket kehrst du heim.
Laß dich frohgemut begrüßen,
Schauder deine frohe Schar,

die bringt — die dir mit — die dir — die dir — mit
— Ente saß Mus
er fürchtig die Grüße dar."

„Ich danke dir herzlich, mein geliebter Junge", sagte Pucki, während sie sich das Lachen verbiß.

„Ich hab' es doch auch gelernt", schluchzte Peter, „nun sag' ich es."

„Aber Peterli", tröstete Pucki, „das Gedicht ist so schön, die Mutti freut sich, wenn du es ihr auch einmal sagst."

„Freut es dich?"

„Freilich, Peterli."

„Na, dann ist es ja gut, Mutti. — Nu höre zu:

Jubelhimmel lasse schallen,
zu dem Fang vom Mütterlein,
Dackelzähne laß mich weinen,
neu es quietschet, kehre heim!
Laß dich froher Mund begrüßen,
Schauder eine frohescha —
Didi bringt — bringt — Ente — saß auf Mus —

Ja, Mutti, die Ente, das verstehe ich nicht, aber so ist es. — Und nu geht es noch weiter:
er fürcht' sich die Grüße da —"

„Das ist freilich ein schönes Gedicht!" sagte Pucki und blickte auf die Oberin, die mit einem undurchdringlichen Gesicht neben einem Sessel stand. Da ging Pucki zu ihr und sagte ihr viele liebe und herzliche Worte.

„Mutti, ich auch — Jubelhimmel sagen!" bat Rudi.

„Ja, mein kleiner Rudi, ich weiß schon!"

„Mutti, nu gehst du nicht wieder weg, nicht?"

„Nein", sagte Claus, „jetzt bleibt die Mutti hier, und keiner von euch braucht Dackelzähne zu weinen."

Da lachte Pucki herzlich auf. Es war das alte, glückliche Lachen, ein Lachen, wie es Claus so gerne hörte. Es zeigte ihm, daß seine liebe Frau wirklich ganz gesund wiedergekommen war.

Nur allmählich kam Ruhe in die aufgeregte Knabenschar.

Frau Sandler war fortgegangen. Sie stand im Nebenzimmer und trocknete sich die Tränen, die das Lachen über das aufgesagte Gedicht hervorgerufen hatte. Aber jedesmal, wenn sie an die Dackelzähne dachte, begann sie erneut zu lachen.

Es war ein froher Nachmittag, der heute im Doktorhause verlebt wurde. Waltraut war aus der Klinik gekommen, um die heimgekehrte Schwester zu begrüßen, und für den Abend hatten sich Puckis Vater und Agnes angemeldet. Am morgigen Tage erwartete man Oberförster Gregor und seine Frau. Die besorgte Großmutter war öfters nach Rahnsburg gekommen und hatte stets die Kinder und den Haushalt in bester Ordnung gefunden. Die einzige, die heute nicht so froh und glücklich war wie die anderen, war die Frau Oberin. Es hätte so viel zu tadeln gegeben an dem Betragen der Kinder beim Empfang der Mutter, vor allem an dem schlecht aufgesagten Gedicht. Auch das laute Lärmen, das die Eltern ruhig duldeten, sagte ihr nicht zu. Sie wunderte sich darüber, daß kein Verweis von seiten des Vaters kam und daß er die Knaben ruhig gewähren ließ.

Was würde Pucki zu der Verwilderung der Knaben sagen? Vier Wochen lang hatte sich die Oberin die denkbar größte Mühe gegeben, die Kinder zu erziehen. Nun schien alles vergeblich gewesen zu sein. So bat sie schon zeitig, sich in ihr Zimmer zurückziehen zu dürfen.

„Liebe Frau Oberin, Sie bleiben noch acht Tage bei uns, denn ich habe Ihnen sehr viel zu danken. Heute war eine gemütliche Plauderstunde unmöglich, aber das holen wir in den nächsten Tagen nach“, sagte Pucki herzlich.

An diesem Abend kostete es viel Mühe, die Kinder ins Bett zu bringen. Immer wieder verlangten sie von der Mutti noch einen allerletzten Gutenachtkuß.

„Mutti, habe ich schön gelernt? Jubelhimmel lasset schallen!"

„Ja, Karlchen, dein Gedicht war sehr schön!"

„Ich hab' auch schon mitgelernt zu dem Fang vom Mütterlein. — Dackelzähne laß mich weinen —"

„Schlaft jetzt, Kinder, schlaft ein", lachte die glückliche Mutter, „ich bleibe nun hier, und morgen erzähle ich euch viel Schönes."

Erst als Pucki die Kinder verlassen hatte, richtete sich Peter im Bettchen nochmals auf. „Ich hab' sie gar nicht gefragt, was sie mir mitgebracht hat."

„Das haben wir vergessen", rief Karl. „Wollen wir sie gleich mal fragen?"

„Wie konnten wir das nur vergessen!" wunderte sich Peter.

„Wir haben heute die Mutti wiederbekommen. Ich freue mich so sehr, daß sie wieder da ist. — Heute haben wir unsere liebe Mutti bekommen, morgen werden wir sie fragen, was sie uns mitgebracht hat. Heute bin ich ganz voll Freude!" sagte Karlchen.

Peter warf sich in die Kissen zurück. „Na, ich auch, Karlchen. Wir wollen sie morgen fragen."

Im ersten Schlummer noch flüsterten glückliche Kinderlippen immer wieder: „Mutti, liebe Mutti!" —

Mit großer Freude stellte Doktor Gregor fest, daß die vierwöchige Kur den denkbar besten Erfolg bei seiner Frau gehabt hatte. Die besorgniserregenden Erscheinungen am Herzen waren verschwunden. Pucki fühlte sich wieder so frisch wie früher und lehnte es ab, sich in der nächsten Zeit noch schonen zu müssen.

„Ich freue mich unendlich darauf, nun wieder in meinem

Hause schalten zu können und meine lieben Kinder zu versorgen. Wie ist es eigentlich mit der Frau Oberin gegangen?"

„Sie war immer pflichtgetreu und hat auf ihre Weise alles getan, was sie nur konnte. Ich kann nur nicht recht verstehen, daß die Mutter sie uns empfehlen konnte, Pucki. Sie meinte es sicher sehr gut mit unseren Kindern. Es gab eigentlich nichts an ihr zu bemängeln, aber ihre ganze Erziehungsart ist eben total veraltet. Wir wollen heute andere Kinder formen, als das früher der Fall war. Wir wollen eine frische, frohe Jugend, die mit Zuversicht und dem Glauben an sich selbst ins Leben hinaus geht. Ich habe der Oberin nicht in ihre Erziehung hineingeredet, ich habe aber oftmals den Kopf geschüttelt über ihre Art und Weise. Mutter mag das Beste gewollt haben, aber solch eine Erzieherin hätte sie uns nicht ins Haus schicken sollen."

„Und doch scheint es mir, Claus, als hätten die Kinder vieles hinzugelernt, was ihnen fürs Leben nützlich sein kann."

„Gewiß, Pucki, diese vier Wochen haben den Kindern bestimmt nicht geschadet. Sie sind nur ein wenig stutzig geworden, denn mit der Frau Oberin kam etwas ganz Neues plötzlich in ihr Leben."

„Nun bin ich ja wieder da, nun geht alles wieder im alten Geleise weiter."

Als am nächsten Tage Oberförster Gregor und seine Frau in Rahnsburg eintrafen, freuten sie sich über Puckis gesundes Aussehen.

„Du hast dir hoffentlich in deiner Abwesenheit nicht gar zu viele Gedanken über die Kinder gemacht. Sie waren in sehr guten Händen, Pucki."

„Ja, Mutter, die Oberin hat zuverlässig für die Kinder gesorgt."

„Wir sprachen schon gestern davon", fiel Claus ein, „daß wir eigentlich nicht recht begreifen können, aus welchem Grunde du uns gerade das Fräulein Radill für die Kinder empfohlen hast. Ich kann jetzt begreifen, warum man sie heutzutage schlecht in Kinderheimen mehr brauchen kann."

„Ich habe diesen Einwand erwartet, Claus."

„Du hast Fräulein Radill wahrscheinlich in letzter Zeit aus den Augen verloren, liebe Mutter, oder nur auf Grund ihrer guten Zeugnisse deine Wahl getroffen."

„Du irrst, Claus! Ich habe sogar lange mit Vater darüber gesprochen. Ihr wißt, wie lieb wir eure Kinder haben; wir sehen sie aufwachsen, kommen im Laufe des Jahres öfters herüber und beobachten ihre Entwicklung. Wir freuen uns darüber, daß ihr bemüht seid, die Kinder zu tüchtigen Menschen zu erziehen. Erinnerst du dich noch daran, Claus, daß du dich einmal als Knabe bei deinen Freunden beklagt hast, du würdest von uns zu kurz gehalten, wir wären zu streng?"

„O ja, liebe Mutter, daran erinnere ich mich noch genau."

„Man soll seinen Kindern Liebe über Liebe schenken. Sie sollen Vertrauen zu den Eltern haben, man soll sie führen und leiten. Aber — das geht nicht immer mit Nachsicht. Und du, liebe, gute Pucki, hast ein sehr weiches Herz; es wird dir schwer, deinen Kindern etwas zu versagen. Sie haben sich daran gewöhnt, von zärtlichen Händen gestreichelt und verwöhnt zu werden. Die Liebe, die ihr ihnen schenkt, ist ihnen etwas Selbstverständliches. Sie nehmen sie hin wie etwas, das eben sein muß. Sie haben darüber noch niemals nachgedacht, was ihr ihnen gebt. — Freilich, sie sind noch klein, aber gerade weil sie ins Leben hineinwachsen sollen, müssen sie einmal erkennen, daß es nicht nur Nachsicht in der Welt gibt. Je eher sie das erkennen, um so besser für sie."

„Und darauf kamt ihr auf den Gedanken, die strenge Oberin Radill als meine Stellvertreterin zu senden?"

„Ja, Pucki! — Du wirst später einsehen, daß es gut war. Die Kinder standen in ängstlichem Staunen vor dieser strengen Frau. Sie fühlten genau, daß ihnen von der Oberin auch Herzlichkeit entgegengebracht wurde, aber es fehlte dabei die Nachsicht. Und ich glaube, sie werden von jetzt an Elternliebe anders einschätzen, als sie das bisher taten. Besonders Karlchen denkt schon darüber nach. Diese vier Wochen waren eine gute Schule für deine Kinder. Versteht ihr nun, warum ich euch die Oberin Radill ins Haus schickte?"

„Habe vielen Dank dafür, liebe, gute Mutter. Und ich will auch der Frau Oberin danken. Sie hat sich nach besten Kräften bemüht, ihre übernommenen Pflichten treu zu erfüllen."

An vielen Kleinigkeiten stellte Pucki in den nächsten Tagen fest, daß die Knaben während ihrer Abwesenheit mancherlei zugelernt hatten. Sie freute sich darüber. Karl verlangte nicht mehr dieses oder jenes in herrischem Ton. Er ließ auch niemals mehr sein gebieterisches „Gib her!" hören. Immer sagte er höflich: „Bitte, gib es mir!"

Auch das Verantwortungsgefühl war in ihm geweckt worden. Die Worte der Oberin, daß er der Älteste sei und daher auf die jüngeren Geschwister aufpassen müsse, waren nicht ohne Wirkung auf ihn geblieben.

„Mutti, mache ruhig deine Arbeiten, ich bin ja der Älteste", sagte er jetzt oft, „ich passe auf die kleinen Brüder auf. Es wird ihnen nichts geschehen." Dann ließ er die Brüder nicht aus den Augen und gab gewissenhaft acht, daß nicht zuviel Dummheiten gemacht wurden. Wie oft hörte Pucki in der Küche seine mahnende Stimme: „Ich muß aufpassen und ihr müßt folgen — sonst bin ich tief betrübt.“

Pucki hatte schon zweimal versucht, mit der Oberin eine längere Aussprache herbeizuführen, aber diese wurde von Tag zu Tag stiller und gedrückter. Sie zog sich mehr und mehr zurück und wich Pucki immer wieder aus. Erst eines Nachmittags, als die Oberin nähend in der Laube saß, setzte sich Pucki zu ihr.

„Fünf Tage bin ich nun schon wieder im Hause und habe Ihnen erst flüchtig danken können für alle Liebe und Umsicht. Ich weiß, es ist eine schwere Aufgabe gewesen, aber Sie haben sie voll und ganz erfüllt. Ich habe viel von Ihnen gelernt, liebe Frau Oberin, und bin Ihnen von ganzem Herzen dankbar.“

„Sprechen Sie nicht solche Worte, Frau Gregor. Ich bin tief betrübt, daß es mir nicht gelungen ist, in den vier Wochen Ihrer Abwesenheit den Knaben mehr Manieren beizubringen.“

„Und ich kann Ihnen nur immer wieder danken, beste Frau Oberin.“

„Ich weiß“, gab sie mit gesenktem Kopf zurück, „daß meine Erziehung heute veraltet ist. Leider kann ich mich nicht ändern. — Vielleicht lachen Sie über mich, Frau Gregor. Das macht mich unglücklich und unsicher.“

„Ich sollte über Sie lachen, Frau Oberin? Ach nein! Gerade durch Sie habe ich erkennen gelernt, daß meine Erziehung auch nicht immer die rechte war. Wenn Sie Ihre Art veraltet nennen, dürfte ich die meine vielleicht mit dem Worte ‚unfertig‘ bezeichnen. Nun haben die Kinder beides kennengelernt, und ich habe darüber nachgedacht. Es kommt mir aus dem Herzen, wenn ich Ihnen immer wieder sage: Ich danke Ihnen für das, was Sie mich und meine Kinder lehrten.“

Pucki sah, wie sich die Augen der Oberin mit Tränen füllten. Da rückte sie noch ein wenig näher an das alte Fräulein heran. Dann wurde in der Laube noch sehr lange und herzlich gesprochen. — Nach einer guten Stunde kehrten beide ins Haus zurück.

Auf dem Antlitz der Oberin lag ein frohes Leuchten.